젊은 부산
또 하나의 시작

젊은 부산, 또 하나의 시작

박민식

고백하건대, 이 책은 완벽한 자기 표절이다. 벌써 네 번째의 졸작을 세상에 내놓으면서 매번 새로울 수 없는 것은 어쩌면 당연한 일인지도 모르겠다. 아니, 그렇지만 한편으로는 '또 하나의 시작'이라는 제목을 달아놨다면 당연히 새로워야 하는 것일지도 모른다. 그러나 이 책을 쓴 목적이 지나온 시간의 조각들을 한겹 한겹 두툼하게 덧대서 기우는 것이라고 말한다면 이해해 주실까. 그리고 그것은 앞으로의 험한 노정에 나를 감쌀 외투로 삼기 위함이라고 한다면 말이다.

돌아보면 선택과 결정을 내리기까지, 내게 고민과 성찰의 시간은 길고 치열했다. 그래서 나는 늘 그것이 옳다고 믿었다. 그럼에도 불구하고 시간이 지나 다시 그때를 돌이켜 보면 확신은 언제나 사라진다. '나'라는 사람은 완벽하지 않기 때문에 스스로를 경계하는 것이 필요하다. 책을 쓴다는 것은 내게 스스로를 경계해 가는 과정이다. 매번 다른 현재를 딛고, 과거를 돌아봄으로써, 알지 못하는 미래에 대한 길을 찾아 확신을 굳혀가는 과정이 이 책의 의미다.

일곱 살에 아버지를 여의고, 홀어머니 밑에서 여섯 명 중 한 명으로 살아왔던 나는 어려웠던 그 시절에 누군가의 짐이 되기 싫었다. 그래서 롱펠로의 인생예찬에 나오는 "세상의 넓은 전쟁터에서, 인생이란 야영지에서 말 못하며 쫓기는 짐승이 되지 말고 싸우는 영웅이 되라"는 말처럼 누군가에게 의지하기보다는 늘 나와의 싸움에서 이기는 영웅이 되고자 결심했다. 이 책은 그러한 결심을 바탕으로 외교관에서 검사로 또 다시 국회의원으로 내가 늘 다른 목표를 지향할 때마다 왜 그런 꿈을 꾸게 되었으며, 또 어떻게 꿈을 향해 도전해 왔는지의 과정을 담고 있다.

이 책의 또 다른 한 부분은 국회의원으로서 보고, 듣고, 겪었던 일들에 대한 솔직한 소회들이다. 솔직히 이미 여러 번 소개했던 것들이 대부분이다. 그럼에도 불구하고, 왜 내가 때로는 남들과 다른 목소리를 내며, 남들이 가지 않는 길을 가려고 했는지에 대해 나는 늘 설명하고 싶고 말하고 싶다. 앞서 말했듯이, 현재의 시점에서 내 지난 행적들이 늘 옳은 일이라는 법은 없기 때문이다. 마치 어렵사리 홀로 앞서 눈밭을 헤치고 나간 길이 다시 뒤돌아보면 삐뚤빼뚤하듯이 말이다. 하지만 나는 그 소회들을 통해 진정성이나마 평가받고 싶다.

이 책의 가장 담고 싶었던 부분, 하지만 가장 아쉬운 부분이 바로 내 고향 부산의 미래에 관한 것들이다. 한때 명실상부하게 대한민국 제2의 도시 부산의 현재 모습은 씨 없는 수박과도 같다. 미래가치를 실현할 수 있는 씨앗들은 다 빠져나가고 이제 그나마 나눠 먹을 수 있는 과육마저도 얼마 남지 않았다. 더욱 가슴 아픈 사실은 이러한 위기에도 불구하고 꿈꿀 수 있는 의지마저도 사라져 간다는 것이다. 이 책을 통해 많은 비전을 담고 희망을 이야기하고 싶지만, 혼자만의 것을 담아내는 것은 이기적이다. 아니 나 자신만의 이야기를 일방적으로 내세우는 것은 이제껏 그랬던 것처럼, 부산을 발전이 아닌 과거 낡은 성장의 틀 안에 가두는 것밖에 되지 않기 때문에 그럴 수 없다. 아마도 이 책에 채우지 못한 부산의 미래를 채울 수 있는 것은 바로 부산시민들 안에 발산되지 못하고 응어리져 맺힌 열정이다.

결국 내가 할 수 있는 일은 시민과 공감하며 그것을 이끌어 내는 것이다. 비록 아직 이 책에 완전히 담아내지 못했지만, 내가 꿈꾸는 '젊은 부산, 또 하나의 시작'이다.

올해로 내 나이 만 마흔여덟 살이다. 흔히 마흔 살을 세상의 어떤 일에도 미혹되지 않는다고 하여 불혹(不惑)이라 부르고, 쉰 살을 하늘의 뜻을 알 정도로 세상을 살았다고 하여 지천명(知天命)이라고 일컫는다. 하늘의 뜻을 헤아리려 들었다면 생각이 많아졌을 테고, 새로운 것 그리고 불확실한 미래에 대한 도전에 나서지 못했을 거라는 생각이 불현듯이 머릿속을 스친다.

　아직은 옳다고 믿는 신념이 있고 젊음이 있기 때문에 지금의 내가 있는 것이 아닐까. 그 믿음을 위해 이제 또 다시 흔들림 없는 도전에 나설 것이다.

2014년 2월

젊은
부산,
또
하나의
시작

3
부산(釜山)에 대한 짧은 단상들

1

아프고
그리운
기억들

바다는
비에 젖지 않는다

슬픈
자화상

찔레꽃 핀 화창한 봄날이었다. 새하얀 새털구름이 드문드문 널려 있어 하늘은 그 어느 때보다 더 푸르고 눈부셨다. 친구들과 어울려 산과 들로 쏘다니며 산딸기 따먹는 소풍날로는 그야말로 제격이었다.

문득 언덕에 걸려 있던 새털구름에서 작은 조각이 떨어져 나오는 것을 보았다. 무리에서 멀어지다니, 위태해 보였다. 작은 조각은 급히 우리에게 다가왔다. 불안감이 느껴졌다.

그 작은 구름 조각은 다름 아닌 어머니였다. 달려가 반갑게 안길까 했지만, 어머니는 급한 걸음으로 나를 그냥 지나쳤다. 선생님과 무언가 급히 몇 마디 말씀을 나누신 어머니는 다시 나를 지나쳐 왔던 길을 되돌아가셨다. 불안감이 더 커졌다.

아버지의 전사 통지서가 도착한 1972년 6월 어느날 그렇게 지나갔다. 죽음이 무엇인지 알 턱이 없었다. 다만 지금도 잊혀지지 않는 할머니의 서러운 울음이 죽는다는 게 얼마나 무서운 일인지 짐작할 따름이었다. 눈물은 슬픔이 아닌 불안감 때문에 솟아났다. 월남에서의 편지, 할머니의 울음, 어머니의 서울행이라는 의미를 알 수 없는 세 가지 사건의 조합은 내 불안감을 배가시켰다. 물어볼 수도 물어볼 곳도 없는 아이였던 내가 할 수 있는 것은 기다리는 것뿐이었다.

죽음이 눈물로 이어진 것은 할머니의 죽음 때였다. 외동아들이 머나먼 이국에서 총탄에 맞아 불귀의 객이 된 소식을 접한 그 순간부터 서럽게 울기만 하시던 할머니는 보름이 채 되지 않아 아버지 곁으로 가셨다. 아버지의 전사 통지를 받고 어머니가 서울로 간 사이에 일어난 일이었다. 죽는다는 게 아프고 슬픈 일이라는 것을 깨달았다.

어머니가 없는 상태에서 친척들의 도움으로 할머니의 장례식은 치러졌고, 장례식이 끝나자마자 우리 형제들은 부랴부랴 서울로 향했다. 그렇게 동작동 국립현충원에 도착한 우리를 기다리고 있는 것은 보자기에 싸인 아버지의 유골함이었다.

선글라스를 끼고, 권총을 찬 채 파이프 담배를 문 멋있는 아버지의 모습은 그 어디에도 없었다. 1972년 6월의 여름의 초입, 아버지와 할머니는 돌아오지 못할 곳으로 그렇게 영영 가버리셨다.

어릴 적, 아버지가 군인이셨던 관계로 가족이 모두 한 자리에 모여 살아본 기억이 거의 없이 모이고 흩어지기를 반복했는데, 결국 아버지를 제외한 우리 가족이 모인 곳은 다름 아닌 아버지의 묘비 앞이었다.

아버지가 월남에 가시기 직전, 제일 큰형은 공부 때문에 부산의 외갓집에서 혼자 얹혀살았다. 누나는 거창의 할머니 댁에서 살았다. 어린 나와 한 살 위인 형 그리고 여동생만 부모님과 함께 지낼 수 있었다. 그러나 그것도 잠시였다. 아버지가 부산에서 복무할 당시 월남전

아버지의 월남전 참전 준비로
나와 작은형은 자연스레
거창의 할머니 댁으로 보내졌다.

동작동 국립현충원에서
우리를 기다리고 있던 것은
보자기에 싸인
아버지의 유골함이었다.

아버지의 전사 통지서를 받고
서럽게 울기만 하시던 할머니는
보름이 채 되지 않아
아버지 곁으로 가셨다.

참전 준비가 한창이었던 관계로 나와 작은형은 자연스레 거창의 할머니 댁으로 보내졌다.

베트남으로 떠나시기 전, 고향에 들른 아버지가 우리들에게 선물로 주고 간 세발자전거와 앉은뱅이 스케이트는 최고의 선물이자 자랑꺼리가 되었다. 하지만 그게 마지막 선물이 될 줄은 꿈에도 몰랐다.

아버지와 가장 많은 시간을 보낸 제일 큰형은 간혹 이런 말을 한다.

"아버지와 어머니가 부산의 외갓집에 데려다 놓고 맛있는 것 사 주시면서 말씀하셨지. '며칠만 있으면 꼭 데리러 올 테니 할머니 말씀 잘 듣고 있어라'고. 나는 그 말을 철석같이 믿었지. 그런데 그것이 아버지의 마지막 모습이었지."

아버지가 돌아가신 지 30년이 넘은 2007년의 어느 날, 연세가 드시면서 어머니는 오히려 아픔을 딛고, 먼저 떠난 남편이 죽은 그 땅 베트남에 아버지를 기리기 위해 가족들끼리 뜻을 모아 의미 있는 일을 해 보는 것이 어떻겠냐고 내게 제안했다. 두말할 필요 없이 그 제안에 응했다. 무엇이 되었든 간에 아버지를 기리는 일을 마다할 이유가 없었다. 그것이 바로 아버지의 이름을 딴 '고(故) 박순유 한-베 평화 장학기금'의 시작이었다.

베트남 중부 빈딘성 푸미현 미히읍사 떤안촌 1번 국도변에서 전사한 아버지의 넋을 위로함과 동시에 베트남전쟁 과정에서 사망한 한국 군인과 베트남 국민들의 영혼을 위로하고 궁극적으로 베트남과 한국의 평화를 기원하는 취지로 시작된 장학 사업은 벌써 올해로 7년째를 맞이한다.

그 동안 전사하신 곳 인근 지역에 도서관을 지어 주고, 컴퓨터와 도서, 장학금 등을 지원하는 등 크지는 않지만 꾸준히 도움을 주었다. 미약하지만 이를 통해 부디 양국 간의 오해가 그리고 아픔을 간직한 사람들의 마음이 조금이나마 풀어졌으면 하는 바람이다. 그것 또한 아버지가 바라는 바 일테니까.

남편이 전사한 땅, 베트남에서
뜻있는 일을 해보는 것이 어떻겠냐는 어머니의 제안으로
2007년 푹호아사에서의 장학사업을 시작,
2008년 호아탕중학교에 작고 예쁜 도서관을 완공했다.

2010년 어머니는
처음으로 남편을 잃은 베트남을 방문하여
전사한 아버지의 넋을 위로하는 제사를 지냈다.

베트남을
가다

지난 해 8월 말, 청와대로부터 한 통의 전화를 받았다. 9월에 예정된 박근혜 대통령의 베트남 방문에 특별 수행자로서 함께 동행해 주었으면 한다는 내용이었다.

내가 국회 한-베트남 의원 친선협회의 회원이라는 까닭도 있었겠지만, 아버지가 베트남전에 참전하셨다가 돌아가셨다는 사실도 이미 알고 있는 눈치였고, 그것이 특별 수행자로 선정된 배경과도 무관하지 않은 듯했다.

특히 박 대통령은 한-베트남 간의 역사적 화해를 강조하고, 주요 현안인 한국에 거주 중인 베트남인 결혼 여성과 불법체류자 문제에 대한 양국 간의 전향적인 접근을 꾀할 예정이었다. 실제로 한국 남성과 결혼한 베트남 여성은 3만 9,000여 명으로 중국에 이어 둘째로 많음에도 불구하고, 배우자의 폭력 등의 갈등 때문에 이혼하거나 잠적한 경우가 많아 문제가 되어 왔다. 또한 국내에 불법체류중인 베트남 근로

박근혜 대통령의 베트남 방문에
특별 수행자로서 함께 동행했다.

베트남과의 인연에 감사하며
의원실을 찾아주신 신임 주한베트남 대사

자도 1만 7,000여 명에 이르는 것으로 나타나 이 문제에 대한 양국 간
의 해결이 시급한 상황이다.

그런 측면에서 내가 수행자가 된 까닭은 양국이 서로 총부리를 겨
누며 많은 사상자를 냈던 과거의 아픈 기억을 넘어 새로운 미래를 만
들어 가자는 구상 때문이었을 것이다. 선친과 베트남 여성이 많은 부
산이라는 두 개의 연결고리를 통해 박 대통령이 결혼 이주 여성들의
쉼터 확충과 근로자 수용 확대를 논의하는 데 노력할 것이라는 계획을
가슴에 품고 나는 베트남 행 비행기에 올랐다.

아버지가 돌아가신 그 곳에 대한민국을 대표하는 한 사람으로서 방
문하는 나의 감회는 새로울 수밖에 없었다.

안중근 의사를
만나다

▬▬▬▬

　　1984년 3월, 고등학교를 졸업한 나는 몇 권의 책과 입을 거리와 약간의 먹을거리를 챙겨들고 서울로 올라갔다.

　마침 작은형이 먼저 서울에서 학교를 다니고 있었기 때문에 서울살이에 대한 촌사람의 두려움 따위는 다행히도 없었다. 오히려 대한민국 최고의 대학에 당당히 입학했다는 자긍심, 꿈 많은 신입생의 당찬 패기 같은 감정에서 비롯된 자신만만함이 내 안에 가득했다.

　서울역에 도착하자마자 마중 나온 형에게 데려다 달라고 부탁한 곳은 함께 머물 하숙집도, 유명한 명동 거리도 아닌 안중근 의사의 동상이 있는 남산이었다. 안중근 의사는 어릴 적 내가 진정으로 존경하는 위인이었다.

　대한민국 사람치고 안중근 의사를 존경하지 않는 사람은 없을 것이다. 하지만 내 존경심은 좀 남달랐다. 내게 있어서 안중근 의사는 군인이면서도 사상가였고 장군이면서도 문필가였던, 가히 문무를 겸한

안중근 의사는
어릴 적부터 진정으로 존경하는 위인이다.

사람이었다. 게다가 행동과 지성이 겸비된 가장 이상적이고 균형 잡힌 생각을 갖춘, 완벽한, 대한국인이었다. 생각을 올바르게 펼치기 위해서는 그에 맞는 논리와 지성이 필요하고, 그것을 바탕으로 행동으로 옮길 때에 비로소 소신이 완성된다는 당시 내 믿음에 정확히 부합하는 인물상이 바로 안중근 의사였기 때문이었다. 나만이 아니라 독립운동가 백암 박은식 선생은 자신의 책 『안중근전』을 빌려 안중근 의사를 "실천적 운동가, 사상가, 민족의 선각자, 종교 운동가이자 의병을 직접 지휘한 장군이며, 초대 한국통감인 추밀원 의장 이토 히로부미를 하얼빈 역에서 포살한 대한의 영웅으로 우리 민족사에 길이 남을 위대한 업적을 이룩한 민족정기의 표상이라."고 표현했다.

안중근 의사를 존경한다고 해도, 촌에서 갓 상경한 고등학교 졸업생이 시내 관광을 하거나 편히 쉴 수 있는 하숙집이 아닌 안 의사 동상 앞에 데려다 달라는 것을 두고 "꽤나 조숙하고 진지한 척하는 아이였구나." 하고 웃으실 분도 있을 터이다. 하지만 당시 나는 꽤나 진지했고, 지금도 그 진지했던 기억을 돌이켜 보면 자못 비장해진다.

제아무리 형이 있다고 해도, 서울생활은 내게 두려움일 수밖에 없었다. 기댈 곳은 있지만, 정작 필요한 것은 스스로 굳게 다져 먹는 마음이었다. 나는 안중근 의사의 동상 앞에서 '내일의 태양을 생각하며, 스스로 분발하고 새로운 세상을 향해 나아가리라'는 나름의 다짐을 내려놓았다.

길을 내려오기 전 마지막으로 비석에 새겨진 글귀를 한자 한자 곱씹어 보았다. 공부라는 것은 어린 시절에 내가 할 수 있는 전부이자 최선이었다. 없는 살림에 홀어머니에 대한 효도가 공부요, 성공할 수 있는 최선의 길 또한 공부였다. 다시 말하면 내가 열심히 공부했던 동인

(動因)은 나와 내 가족을 위함이었지, 솔직히 국가와 국민을 위해 무언가를 해 보고자 하는 원대한 꿈이 있어서는 아니었다.

그런 내게 비석에 새겨진 '國家安危 勞心焦思(국가안위 노심초사)'라는 여덟 글자는 내 가슴에 해석할 수 없는 묵직한 울림으로 다가왔다.

책으로만 보던 곳에 직접 와 봤다는 그런 감동과는 다른 느낌이었다. 나는 왜 이런 큰 뜻을 품지 못했을까 하는 부끄러움도 아니었다.

돌이켜 생각해 보면, 어쩌면 그것은 정치라는 운명적인 선택지가 나 몰래 내 가슴한 곳에 몰래 숨어들어 와 뿌리 내리는 과정이었을지도 모른다. 아니 최소한 내가 아닌 우리 그리고 나라를 위해서 무언가 할 수밖에 없는 숙명이 자리 잡은 것일지도 모르겠다.

안중근 의사에 대한 절대적인 존경심은 수년이 지난 2010년 4월 본회장에서 다음과 같이 드러난다.

박민식 의원 3월 26일 천안함 사건이 났었는데 100년 전에 어떤 일이 일어났는지 혹시 기억하십니까?

국무총리 정운찬 예, 우리 안중근 선생이, 안중근 의사가 서거하신 날입니다. 101년 전 10월 26일에 거사를 하셨고 여순 감옥에서 100년 전 3월 26일에 돌아가셨습니다.

박민식 의원 ('시모시자'라는 말이 쓰인 판넬을 들며)이 혹시 무슨 뜻인지 아시겠습니까, 총리님?

국무총리 정운찬 제가 이해하기로는 '그 어머니에 그 아들'이란 말씀이 아니겠습니까?

박민식 의원 '시모시자(是母是子)' 그 어머니에 그 아들, 그렇습니다. 당시에 안중근 의사의 어머니 조마리아 여사가 안중근 의사에게 보낸 편지가 있습니다. 그것을 제가 한번 읽어 보겠습니다.

"장한 아들 보아라. 의로운 일을 해냈다. 많은 이에게 용기를 주었다. 가족의 자랑이요 겨레의 기쁨이 되었다. 이제 너는 죽을 것이다. 사형을 언도받으면 항소하지 마라. 네가 벌한 이들에게 용서를 구할 수는 없는 법. 어미보다 먼저 죽는 것을 불효라 생각지 마라. 작은 의에 연연치 말고 큰 뜻으로 죽음을 받아들여라."

혹시 총리님 이 글 한번 보신 적 있습니까?

국무총리 정운찬 예, 저는 지나가는 말씀으로 들은 적은 있는 것 같습니다만 본 적은 없습니다. 이것은 '그 어머니에 그 아들'이라는 말씀은 제가 해석하기는 사형을 선고받고 죽어갈 자식인 안중근 의사에게 혈육의 정을 넘어서 아주 차원 높은, 높은 차원의 애정을 보인 안 의사 모친과 함께 존경스러운 모자를, 그 어머니와 아들을 일컫는 것으로 알고 있습니다.

(중략)

박민식 의원 그런데 이 안중근 의사와 관련해서는 상당히 비극적인 가족사가 또 있습니다. 또 하나 제가 보여 드리겠습니다. 혹시 이 글 한번 무슨 뜻인지 아시겠습니까?

국무총리 정운찬 '호부견자(虎父犬子)' 아버지는 호랑이 같을지 모르지만 자식은 개와 같다는….

박민식 의원 그렇습니다. 당시에 안중근 의사의 작은아들, 안준생이지요. 안준생이 일제의 책략에 의해서 회유당하고 협박당한 결과 결국 친일파로 전락했던 그런 뼈아픈 역사가 있습니다. 제가 말씀드리는 것은 이 안중근 의사의 아들을 욕하는 것이 아닙니다. 왜 그 안중근 의사의 아들이 그렇게 되었겠습니까? 결국은 국가를 위해서 헌신하는 사람에 대해서 국가가 제대로 돌봐 주지 못했기 때문입니다. 그렇지 않습니까? 총리님, 어떻게 생각하십니까?

국무총리 정운찬 지금 의원님이 말씀하셨듯이 안중근 의사의 가족들이 많은 고난을 겪었다고 들었습니다. 지금 '호부견자'라는 구를 말씀드렸지만 이것은 안 의사의 차남이 이토의 아들을 만나서 아버지의 잘못을 사과한 것을 비유한 것이라고 알고 있습니다. 앞으로 국가를 위해 희생하고 공헌하신 분들의 후손들을 예우하고 응분의 보상을 해서 안 의사 가족과 같은 불행한 일이 다시는 일어나지 않도록 최선을 다해 나가겠습니다.

〈2010년 4월 제289차 본회의 정치 분야 대정부 질문 중〉

쫓기는 짐승이 되지 말고
싸우는 영웅이 되라

▌

"세상의 넓은 전쟁터에서 인생이란 야영지에서 말 못하며 쫓기는 짐승이 되지 말고 싸우는 영웅이 되라."

미국의 대중적 시인 롱펠로 시의 한 구절이다. 감수성 예민한 학창 시절, 문학에 심취해 여러 가지 시들을 외우곤 했는데, 그 중 가장 기억에 남는 게 바로 이 시 구절이다.

내게는 형제자매가 있었지만 아버지의 빈자리는 컸다. 생계와 살림을 책임지는 어머니는 늘 고단해 보였다.

부담을 주는 아들이 되기 싫었기 때문에 나는 될 수 있으면 모든 것을 스스로 해결하는 아들이 되고 싶었다. 롱펠로의 시에는 바로 나의 그런 마음이 그대로 투영되었다.

아버지가 돌아가셨을 때 어머니의 나이는 서른여섯이셨다. 아버지 앞으로 나오는 연금이 있었지만, 6남매의 일상생활을 감당하기에는 턱없이 모자라는 액수였다. 어머니는 생계를 위해 여러 가지 일들을 하

셨지만, 세상 물정을 잘 모르는 어머니가 모을 수 있는 돈은 얼마 되지 않았다. 사실상 어머니가 할 수 있는 최선의 일은 자식이 잘 되기만을 바라는 마음을 담아 새벽녘 정성스레 불경을 읊는 것뿐이었다.

어머니의 정성스런 새벽 염불은 실제로도 내게 많은 도움이 되었다. 개인적으로 내 좋은 습관 중 하나는 새벽에 일찍 일어나는 것이다. 새벽마다 어머니 염불 소리에 깨어 옆에서 책을 읽거나 공부를 하다 보니 몸에 익은 습관인데, 새벽은 하루 중 그 어느 시간보다 정신이 맑아 공부를 하거나 책을 읽을 때 집중하기 좋다. 의도치 않게 어머니 덕에 얻은 습관은 공부를 통한 성공을 꿈꾸던 나에게는 큰 밑거름이 된 셈이다.

솔직히 이야기하면 나는 천성적으로 공부를 잘하는 학생은 아니었다. 공부에만 열심히 매달리지도 않았다. 평범한 또래들처럼 축구와 야구를 좋아하고, 친구들과 어울려 시장바닥 누비는 것을 누구보다 좋아했다. 나름 문학 소년이라고 할 만큼 교과서가 아닌 다른 책에 심취한 적도 있었다.

외무고시와 사법고시에 모두 합격했다는 결과만 두고 "참 머리가 좋구나."라고 생각할 사람도 있을 것이다. 하지만 내 공부의 99%는 모두 노력의 과정이었다. 지금이야 성공을 위한 진로의 폭도 다양해졌지만, 그 당시 없는 집에서 성공하는 길은 오직 하나 공부뿐이었다.

자리가 사람을 만들 듯, 상황이 사람을 만든다고 생각한다. 만일 내가 풍요로운 가정에서 태어났다면 어떠했을까. 만일 아버지가 살아계셨으면 현재의 나는 어떤 모습일까.

대학 시절, 나는 집에서 보내주는 최소한의 생활비로 식비며 방값이며 용돈 등 모든 것을 충당해야만 했다. 모든 식사와 방값까지 해결해

구포초·중,
부산사대부고 졸업식.
무탈하게 키워주신 어머니
감사합니다.

야 했기 때문에 생활비는 늘 빠듯했다. 집에 손 내밀지 않고 눈앞의 대학생활을 즐기려고 했다면, 아르바이트라도 하는 게 옳았을지 모른다. 하지만 나는 당장 눈앞에 손쉬운 벌이보다, 처음에 마음먹은 대로 공부를 통한 진정한 성공을 원했다. 젊은 시절을 즐기지 못한 아쉬움에, 그리고 그런 내 자신을 향한 신세한탄에 울면서라도 공부를 해야만 했던 이유가 바로 거기에 있다. 다만 그 울음은 원망이 아니라 상념을 잊기 위한 하나의 씻김굿 같은 것이었다.

서울에 올라온 초기에 잠시 작은형과 같이 생활을 한 적이 있다. 의대생이었던 작은형은 친구와도 같았고, 그런 형 때문에 나는 외롭지 않게 서로를 독려하며 경쟁하듯 공부할 수 있었다. 6남매를 키워낸 어머니의 고생에 대해 어서 빨리 보답하고 싶다는 다급함도 있었지만, 이 순간을 허투루 보낸다면 결국 고생은 더 길어질 수밖에 없다는 절박함도 있었기 때문에 이왕에 하는 공부, 확실하게 그리고 단단하게 해치우자고 나는 스스로에게 수없이 각인시키며, 채찍질해 나아갔다.

잡념을 지우기 위해 '바리깡'으로 머리를 밀어본 적이 있었다. 시원하기도 했고 머리를 감는 시간도 절약할 수 있었다. 나만 그런 경험을 해 본 것은 아닐 것이다. 거울에 비춰진 내 모습을 보며 나름 귀엽다며 혼자 웃어 본 적이 있다. 모든 일은 긍정적으로 생각할 때 뜻하지 않은 즐거움이 있다. '이 또한 지나가리라'는 말을 믿음으로써 좌절하지 않을 수 있었다.

열정은 희망을 낳고 도전은 반드시 결실을 맺는다. 내게 공부는 희망의 도구이며 도전은 그 도구를 운용하는 과정이었다. 농부는 좋은 씨앗이 필요하고, 어부에게는 튼튼한 그물과 기술이 필요하다. 순간적으로 변하는 계절의 순환에 적응하기 위해 부단한 노력으로 자연에 순응하는가 하면 도전적으로 그것을 이겨내기도 한다. 공부도 마찬가지이다. 농업과 어업처럼 물리적이지는 않지만 몸과 머리를 총 동원시켜야 한다는 것에서는 다를 바가 없다. 다만 노동이 함께 함으로써 더 큰 성과를 거두는 것과 달리 공부는 철저히 혼자서 해 나가야 한다는 것이 다른 점이다.

누구나 모두 높은 곳에다 목표를 둔다. 하지만 너무 허황된 목표는 시작하기도 전에 사람을 지치게 만들 수 있음을 명심해야만 했다. 그런 점에서 내가 처한 상황을 객관적으로 인식하는 게 무엇보다도 중요하다. 개인적 성향이나 체력, 내 경제적인 상황과 가족들의 뒷바라지도 무시하지 못할 명확한 변수임을 잊어서는 안 되었다.

나는 일단 외무고시를 목표로 삼았다. 외무고시는 내가 외교학과에 지원한 이유이기도 하다. 본격적으로 외무고시를 목표로 삼은 데에는 그 당시 읽은 한 권의 책, 주미대사였던 김용식 선생의 회고록 『희망과 도전』이 가져다 준 영향이 컸다.

그 책을 읽으면서 느낀 감동들, 나라를 위해 일한다는 것, 그것도 세계를 무대로 우리의 힘과 가치 그리고 가능성을 세계로 알리는 것, 선진국으로 도약하는 대한민국의 저력과 그 무한한 에너지를 세계의 최일선의 무대에서 나를 통해 선보일 수 있다는 것은 생각만 해도 가슴이 뛰는 일이었다.

나아가 일방적 힘의 외교에 의해 희생당했던 작은 나라, 대한민국의 아픈 역사를 돌아보면, 정말 외교관으로서 험한 국제무대에서 나라를 위해 고군분투, 견마지로를 다해야 한다는 사명감과 소명의식을 일깨웠다.

외무고시는 그러한 꿈과 가치를 실현하기 위해 내가 반드시 넘어야 할 관문이었다.

공부는 우선 시간과의 싸움이다. 그리고 싸움의 승패는 집중력이 좌우한다. 나는 우선 단 5분의 시간이라도 아끼기 위해 내가 하는 모든 공부, 모든 생각, 모든 행동을 책상 모서리에 놓아둔 노트에다 틈나는 대로 체크하기로 했다. 공부의 진도는 물론 문득 떠오르는 의문점, 미처 생각하지 못해 하지 못한 일, 지금 하고 있는 공부와 연관이 될 수 있는 다른 공부들, 하다못해 하염없이 떠오르는 상념마저도 적어 놓았다. 그런 것들을 화장실을 간다거나 밥을 먹을 때 다시 들여다보면서 나의 생활리듬을 확인하면서 잘한 것과 못한 것을 명확히 구분하며 제때제때 고칠 것은 고치고 또 필요한 것들이나 모자라는 것을 뽑아내곤 했다. 하루를 마무리하면서 그 노트를 확인해 보면 하루가 선명한 한 편의 다큐멘터리가 되어 눈앞에 펼쳐졌다. 초기에는 잘한 것보다는 대부분 아쉬운 것들뿐이었다. 하지만 실망하지 않고, 시행착오와 수정하기를 반복해 가며 나는 나만의 공부 방법을 조금씩 완성시켜 나갔다.

솔직히 나는 늦게까지 책상에 붙어 앉아 있는 스타일이 아니다. 새벽에 일찍 일어나는 습관의 대가는 일찍 잠자리에 드는 것이기 때문이다. 그래서일까. 나에 대해서 잘 모르는 사람들은 9시, 10시면 꾸벅꾸벅 졸기 시작하는 나를 보면서 "그렇게 잠이 많은데도 어떻게 양시(兩試)에 합격할 수 있었느냐."며 놀라곤 한다. 하지만 일찍 자는 대신에 새벽에 일찍 일어나 책상에 앉는 내 공부의 총량은 절대 적지 않다. 또한 내게 새벽 시간은 집중하기에 최적의 시간이다. 공부의 질이 배가된다는 의미다.

혹시나 자녀가 오랜 시간 책상에 앉아 있음에도 불구하고 성적이

1984년 대학 1학년 때 국회 앞을 지나면서

외무고시를 준비하던 여름 어느 날
- 양산시 원동 신흥사에서

안 올라 걱정하는 부모님들이 있다면, 집중을 하고 있는지를 체크해 봐야 할 것이다. 집중하지 않는 공부는 시간과의 싸움이 아닌 시간을 허비하는 것이기 때문에 차라리 밖으로 나가 뛰어놀라고 하는 편이 낫다는 게 내 생각이다.

공부의 생활이 어느 정도 안정이 되면 금방 무기력함이 찾아오고, 결국 정신적인 문제로 찾아오거나 육체적인 문제로 드러나게 된다. 생활이 정형화 되다 보면 자신의 몸 상태에 대해 무뎌지게 마련이라, 문제를 발견했을 때는 이미 많이 늦은 때가 많다. 젊은 혈기는 잠시도 한 곳에 머무르려고 하지 않는 것이 생리이다.

이유도 없이 몸이 아프고 나른하고 눈이 아프고 별로 피곤하지도 않은 상태에서도 손가락 하나 움직일 수 없는 상태가 가끔씩 찾아오곤 했다. 다람쥐 쳇바퀴처럼 도는 단조롭고 건조한 일상생활에서 아무런 감각도 없이 오직 책을 보는 것만큼 미련한 자세가 세상에 또 있을까? 아무리 의지가 중요하다지만 분명히 한계는 있다. 그런 점에서 충분한 휴식은 반드시 필요하다. 2보 전진을 위한 1보 후퇴인 것이다.

새벽에 일찍 일어나는 습관과 더불어 내게 많은 도움이 되어 준 습관이 바로 걸으면서 생각하는 것이다. 매일 앉아서 공부만 하다 보면 몸이 굳게 마련이고, 몸이 굳으면 피로가 누적되기 마련이다. 체력은 국력이라는 말도 있지만, 아무리 의지가 강해도 체력이 뒷받침되지 않으면 실행이 되지 않는 법이다. 평소에 체력에는 자신이 있지만, 공부에 집중하다 보면 아무래도 제대로 된 운동을 정기적으로 하기는 쉽지 않다. 그때 좋은 운동이 바로 걷기다. 굳은 몸을 풀어내는 데 적당하고 약간의 피로와 긴장은 무엇보다 복잡한 잡념들을 깨끗이 사라지게 해

머릿속을 맑게 하는 데 많은 도움이 됐다.

　지금도 꼬인 정치현실에 대해 나만의 생각을 정리할 때, 새로운 아이디어를 떠올려야 할 때면, 책상에 앉아 무엇인가를 끄적이기보다는 운동화 끈을 조여매고 길을 나선다. 길을 걸으며 생각을 하고, 또 대화를 통해 답을 찾는다.

　좀 다른 이야기지만, 국민들이 정치인들에 대해 늘 하는 말이 "여의도 한편에 편히 들어앉아서, 자기들끼리만 지지고 볶으니 대체 국민들의 힘들고 아픈 것을 어찌 알까?"라는 비판이다. 사실도 그렇다. 선거 때를 빼놓고, 국회의원들이 국민들과 함께 길 위에서 만나는 경우는 드물다. 설령 외부의 어떤 행사에 참석한다고 하더라도 함께 하기보다는 축사만 하고 급히 빠져나오는 일이 다반사다. 그러다보니, 뉴스나 신문을 통해 보이는 것에만 의존하게 되고, 현실에 대해 피상적이다. 나만은 그러고 싶지 않다. 또 그러고 싶어도, 내 삶의 방식이 그러지 않으니 내가 가진 정치인의 운명은 길 위에서 부대끼고, 만나는 것인 셈이다.

　시간이 흘러 1988년 올림픽이 개최되었던 해에 드디어 나는 제22회 외무고등고시에 합격했다.

　공부로써 내 스스로가 처음 거둔 성과이자, 사회생활의 첫 시작이었기 때문에 자부심이 유난히 컸다. 시험에 합격했다는 것만으로도 기뻤지만, 내 꿈을 이뤘기 때문이다.

　어린 시절, 솔직히 내 꿈은 돌아가신 아버지의 뒤를 이어 군인이 되는 것이었다. 커 가면서 그 꿈은 외교관으로 바뀌었다. 군인도 훌륭한 직업이지만, 사실 전장에서 돌아가신 아버지를 생각하고 또 홀로 남은 어머니를 생각했을 때, 군인의 길은 사실 우리 가족 누군가가 가기에 아픈 기억이 너무 많은 길이었기 때문이었다.

　군인의 꿈을 대체한 것은 바로 외교관으로서의 길이었다. 시험을 통해 공무원이 되고, 안정된 길을 걸을 수 있다는 현실적인 고려도 작용했지만, 무엇보다 전쟁의 포화가 멈춘 시기에 국가 간의 외교는 총칼 없는 전쟁과도 같고, 외교관은 그 일선에 선 군인과도 같았기 때문이었다.

　그렇게 외교관이 되었지만, 초임에게 주어진 일은 거의 실무를 익혀 가기 위한 잡무였다. 꿈이 너무 거창했을까. 업무가 실망스러웠지만, 언젠가는 나라를 대표하여 세계 각국과의 교류를 관장할 수 있다는 기대감으로 최선을 다했다. 하지만 외교관 연수과정 1년을 보내면서 회의감이 찾아오기 시작했다.

　외무고등고시가 20여 명의 인원만을 선발하여 임용을 하다 보니 본의 아니게 엘리트 의식에 젖게 되는 것 같았다. 게다가 개방적이고 현장 중심주의적인 내가 펼쳐 나가고 싶어 했던 원대한 꿈과 현실의 차이는 너무나 컸다. 실망은 깊어지고, 그 안에서 고민과 갈등은 깊어졌다. 진로에 대해 다시 고민을 할 수밖에 없었고, 그런 내 고민을 알고 있던 몇몇 외교부 선배들과 친구들은 내게 시간을 가져볼 것을 권유했다. 선택에 대해 확신이 없었던 나는 일단 입대를 통해 고민할 시간을 가져보기로 결심했다.

제22회 외무고시 동료들- 외교안보연구원수료식

사법고시 출신은 군 법무관으로 근무하면서 전공을 살려가며 군 생활을 할 수 있는 데 반해, 그 당시 외무고시 통과자들에게는 그런 배려가 전혀 없었다. 그래서 18개월 동안 방위병으로 군 생활을 시작하게 되었고 배치를 받은 곳은 현역과 방위병이 함께 근무하는 혼성부대인 공병부대였다. 일명 '노가다' 부대는 당시 부산에서 가장 기피하는 부대였다.

가뜩이나 마음에 짐이 쌓이고, 머리가 복잡하던 차에 차라리 잘 된 일이었다. 공부를 할 때도 그랬지만, 잡념을 풀어내기 위해서는 차라리 몸이 피곤한 편이 낫다고 생각했다. 그렇게 시작된 군 생활은 만만치 않았다. 워낙 공부만 해 왔고, 또 외무부 사무관으로서 책상물림만 해 왔던 터라 노동이 익숙할 리 없었다. 체력이야 자신이 있었지만, 소위 말하는 일머리가 없었다. 어떤 날은 뙤약볕에 하루 종일 삽질을 하기도 하고 또 어떤 날은 수백 포대의 시멘트를 날랐다. 시쳇말로 '노가다' 중에서도 알짜배기 노가다였던 셈이다.

그때의 경험으로 지금의 나는 노동의 신성함을 깨달았다. 물론 평생을 살기 위해 현장에서 몸으로 일하시는 분들에게 '노동의 신성함'이라는 말은 허세요, 모르는 사람의 사치일 것이다. 하지만 그때의 경험은 지금의 삶을 살아가는 나에게 치열하다는 것이 무엇인지 깊게 각인시켜 주었고, 그 자체가 사람들의 삶을 이해하고 바꿔가야 하는 나에게는 신성한 깨달음으로 다가올 수밖에 없다.

18개월의 복무를 마친 나는 다시 외무부 국제경제국에 사무관으로 돌아왔지만 가실 줄 알았던 방황은 깨끗이 사라지지 않았다. 고민은

현역과 방위병이 함께 근무했던
혼성부대인 공병부대 복무시절.
일명 '노가다' 부대는
당시 부산에서 가장 기피하는 부대였다.

더 깊어졌고, 결국 나는 더 많은 고민보다 깨끗이 사표를 제출하기로 마음을 먹었다. 그러나 사표는 제대로 수리가 되지 않았다. 매번 반려가 되는 것이었다. 잠시 휴직을 하고 다시 복귀하라는 명령만 되돌아왔다.

마침 결핵 비슷한 초기 증상까지 발병한 상태여서 휴직의 명분으로 시간을 가지며 앞으로의 진로를 고민해 보라는 것이었다. 그만두지 말라는, 절대로 사표를 수리할 수 없다는 완곡한 거부의 표현이었던 것이다. 열심히 일하면 장래가 보장되는 안정된 직장에서 나름 장래가 촉망되는 젊은 인재가 왜 그런 무모한 결정을 내리는지 사람들로서는 이해되지 않는 그리고 걱정스런 마음이 들었던 모양이었다.

휴직을 하고 적당히 생활을 꾸려가면서 편하게 미래를 준비할 시간이 없는 것도 아니었다. 눈치는 보이겠지만 현실적으로 그렇게 하는 것도 나쁘지는 않을 것이었다. 결핵을 치료하기 위해 휴직을 한다는 마땅한 명분도, 그럴 듯한 이유도 있었던 것이다.

그러나 나는 단호하게 거부하기로 했다. 사람은 비빌 언덕이 있어서는 안 된다는 것이 평소 나의 소신이었다. 그런 상황에서는 사람은 최선을 다하지 않게 된다는 것을 나는 어릴 적부터 보며 자랐다. 배수진을 치는 절박한 심정이지 않고서는 일에 몰두할 수가 없는 법이다. 오직 최선을 다하기 위해서는 철저하게 혼자일 수밖에 없었다.

주위의 온갖 만류에도 나는 나의 길을 가기 위해 홀가분하게 외무부를 떠났다. 당시 세종로 정부종합청사 몇 층이었는지 국제 경제국 사무실에서 모두 퇴근한 사이 사직서를 썼던 그 모습이 아직도 생생하다. 그리고 나는 다음날부터 백수가 되었다. 그리고 사법시험 준비를 시작했고, 신림동 고시촌에 짐을 풀었다. 고향에 돌아온 느낌이었다.

그 지겹고도 지루한 동네로 다시 돌아왔다는 것, 나의 입에서는 쓴 웃음이 흘러나왔지만 비장한 웃음이었다.

외무고시 공부경험이 있었기에 공부한다는 것의 두려움 따위는 없었지만, 돌아갈 곳이 없었기 때문에 심적인 부담은 상당했다. 특히 2년 간 불철주야 아들 고시 뒷바라지를 한 어머니의 만류는 예상을 훨씬 뛰어넘는 것이었고, 결과적으로는 나 혼자 내린 독단적인 결정이었기 때문에 더 그러했다. 이미 사회인으로서 많은 시간이 흘렀던 터라 시간과의 싸움이기도 했다.

시험공부는 쉽지 않았다. 외무고시 이후 한동안 책에서 손을 뗐기 때문에 오랜만에 책상에 앉아 집중하기가 힘들었다. 불확실한 미래에 대한 걱정도 한몫 했다. 마음속으로 뒤를 돌아보지 않겠다고 굳게 결심하기는 했지만, 다짐은 다짐이고 현실은 현실이었다. 얼마나 걸릴지도 알 수 없는 지루한 공부를 하고 있자니, 머릿속에 내 선택이 과연 옳았던가 하는 후회마저 들기 시작했다. 고민은 나눠야 한다고 했던가. 힘든 시기를 이겨내고, 힘이 되어 줄 만한 동행인을 찾기 위해 선배를 통해 스터디 그룹을 짰다.

각자 공부를 하되, 일주일에 한 번씩 모임을 갖고 서로 간에 공부한 것들을 점검해 주고, 시험과 관련한 정보들도 교환했다. 같은 목표를 추구하고, 다른 듯 같은 고민을 하는 나와 그들은 서로가 서로에게 큰 힘이 되어 주었다.

사법시험 준비 과정에서 합격 이외에도 '함께 걸어가는 삶'이라는 나름의 체험을 한 것은 이후 내 인생에서 커다란 그리고 소중한 철학이 되었다. 공동의 목표를 향해 서로 어깨 두드려 주고 힘이 되어 주면서 외롭고 힘든 시간을 극복할 수 있었고 현실적으로도 모두에게 '합

사법시험 준비과정을 함께하며
'함께 걸어가는 삶'의 가치를 일깨워준 동료들과 지리산에서

격'이라는 결과가 주어졌기 때문이다. 각고의 노력과 준비 끝에 드디어 1993년 10월 제35회 사법시험에서 당당하게 합격할 수 있었다.

1993년 10월에 제35회 사법시험 2차 합격의 기쁨을 나누며

대륙에서
키운 꿈

────

　　사법시험에 합격을 했다고 모든 것이 끝난 것은 아니었다. 그것은 시작을 위한 준비에 불과했다. 그래도 사람인지라 휴식이 필요했다. 또한 새롭게 앞으로 나가기 위해서는 뒤를 돌아볼 여유도 필요했다. 나는 시험에 지친 심신을 달래고 더 넓은 세상을 돌아볼 겸 중국 여행을 가기로 결심했다.

　　중국을 택한 데에는 나름의 이유가 있었다. 그 당시의 중국은 지구의 변방에 불과한, 땅덩이만 넓고 폭발적인 인구의 증가로 몸살을 앓고 있는 나라에 불과했다. 하지만 그만큼 성장의 기회가 더 클 것이고 볼 것이 많을 것이라고 생각했다. 또한 그 어떤 나라보다 무궁무진한 잠재력을 가진 나라라고 생각했다. 공산주의와 사회주의의 이념을 넘나드는 실용적 노선을 선택하면서 성장의 동력을 마련하고, 자본주의의 장점까지 일부 인용하면서 중국은 이미 그 거대한 용트림을 시작하고 있다고 판단했기 때문에 그 가능성과 잠재력을 직접 눈으로 확인해

시험에 지친 심신을 달래고 더 넓은 세상을 돌아볼 겸
혼자 떠났던 중국여행

보고 싶은 바람이 있었다.

실제로 현재의 중국은 미개발된 자원과 인적 인프라 그리고 기술 습득 등을 통해 단시간에 미국과 더불어 세계를 지배하는 가장 강력한 카리스마를 지닌 국가로 성장했다. 이미 스포츠에서 그 위력을 유감없이 보여 주었다. 세계의 공장이 된 지금의 중국은 모든 생활에서 보이지 않게 그 영향력을 발휘하고 있다. '메이드 인 차이나(Made in China)' 없이는 당장의 생활이 지속적으로 영위되지 않을 만큼 중국은 우리의 안방은 물론 세계의 마당을 버젓이 차지하고 있다. 어찌 보면 우리의 6~70년대의 압축성장의 궤와 그 맥을 같이 하는데, 그 속도와 규모는 훨씬 더 빠르고 크다. 기술이나 경제적인 추월을 걱정하는 것이 아니라 이제는 경쟁을 지나 지배를 걱정할 만큼 중국은 비약적인 발전을 하면서 우리를 위협하고 있는 것이 엄연한 현실이다.

과거에 우리는 중국인의 판단과 행동이 느리다고 하여 '만만디(慢慢的)'라고 표현하며 약간은 멸시와 경멸의 뜻을 포함하여 폄하하기도 했다. 그러나 지금 그 발걸음은 '거대한 발걸음'으로 바뀌었다.

혼자 떠난 여행이 순조로울 수는 없었다. 당시는 지금과 같이 중국이 개방되지도, 또한 정보가 많지도 않았다. 준비가 부실했고, 결국 지도와 주위들은 지식을 밑천으로 삼을 수밖에 없었다. 불확실했지만 그것이야말로 바로 가장 나다운, 나만의 여행이라고 생각하며 중국에 도착했다.

중국에서의 주된 일정은 소위 오악(五嶽)과 황산(黃山)을 둘러보는 것이었다. 오악(五嶽)은 중국을 대표하는 다섯 개의 유명한 산을 말한다. 동쪽에 타이산(泰山, 산둥성, 1,545m), 서쪽에 화산(華山, 산시성, 1,997m), 남쪽에 헝산(衡山, 후난성, 1,290m), 북쪽에 헝산(恒山, 산시성, 2,017m), 중앙에 쑹산

(嵩山, 허난성, 1,494m)을 이르는 것으로 방위를 붙여서 동악, 서악, 남악, 북악, 중악으로도 부른다고 한다. 그리고 황산(黃山)은 「登黃山天下無山」이라고 할 정도의 천하제일 명산이다.

나는 여러 가지 운동을 좋아하지만, 가장 좋아하는 운동은 등산이다. 산에 올라 아래를 굽어본다는 것은 보다 넓은 세상을 보는 것이고 헤아리는 것이다. 자신의 체력을 확인하는 것은 물론 은근과 끈기를 시험해 볼 수 있다. 지인에 따르면 등산은 오름과 내림의 일상사를 간접적으로 체험하며 단시간에 인생사를 성찰할 수 있는 기회라고 한다. 물론 동의한다. 산을 오르는 과정의 고통이 있기에 정상이 선물하는 무형의 기쁨은 말로 표현하기 힘들다.

중국의 오악을 두루 돌아보며 나는 놀라운 풍광과 새로운 곳에 대한 호기심 탓에 거의 잠을 자지 못했다. 긴장한 탓도 있었고, 길도 모르고 말도 잘 통하지 않는 기차여행에서 잠시라도 졸다가 내릴 곳을 놓쳐 버리면 그 돌아갈 거리가 만만하지 않았기 때문이었다. 우리나라처럼 역과 역의 거리가 단순히 몇 킬로미터가 아니라 잠시 방심하다 목적지를 지나쳐 버리면 그 정거장의 거리가 서울과 부산보다도 더 멀어져 버리기 때문이었다. 결국 모든 산을 다 돌아보았을 때, 거의 모든 체력을 소진해 버렸다. 하지만 그 빈 자리는 성취감과 할 수 있다는 마음 그리고 원대한 포부로 채워졌다.

돌아보면 개발시대의 중국은 그 화려한 비상의 용트림 속에서도 이면에는 많은 모순들이 도사리고 있었다. 워낙 광대한 대륙이다 보니 정부의 관심과 손길이 미치지 못해 상상 이하의 수준으로 인민들의 생활은 여행하는 내내 머리를 어지럽게 했다.

우리나라도 다를 바가 없었을 것이다. 대의를 위한 소의의 희생, 개

중국여행 중 만난
서울대 중문학과 이병한 교수와 하얼빈에서

발과 보전의 갈등, 거기에서 야기되는 갈등과 반목, 성장과 발전을 위한 임의의 강제적 공권력은 어느 정도 예기된 것이었다. 세상의 모든 사람 사는 곳에는 어쩔 수 없이 불평등은 존재한다. 자본주의의 최대의 약점이라고 학자들은 지적한다. 그러나 이념에 있어서 공산주의나 사회주의도 그것을 근본적으로 해결하지는 못했다.

불평등은 불가피한 현상이다. 그래서 국가는 그런 간격을 좁히는 한편, 온갖 제도적인 장치로 그들을 보호하고 돕고자 한다. 검사로서의 내 포부는 바로 그런 것들이었다. 약자와 피해자가 바로 내가 보호해야 할 대상이고, 정의를 실현하는 것이 내 목표였다. 그리고 돌아오는 길에 나는 그러기를 다짐했고, 이뤄지기를 간절히 기도했다.

대한민국 검사
박민식

연수원을 거쳐 1996년 3월, 드디어 검사로서 임용이 되었다. 처음 발령이 난 곳이 서울지검 형사부였다. 동기생들 중 성적을 고려한 발령 순위가 1위였기 때문이었다. 당시 검사라는 직업에 대한 선입견은 대부분 세련되고 권위적이라는 생각이 일반적이었다. 아마도 일반 사람들이 많이 접하는 드라마 등에서 그렇게 그려지고 있기 때문일 것이다. 임용되기 직전 나 또한 내 나름대로의 검사상(像)을 그리고 있었다. 현장에서 거악(巨惡)과 싸우는 정의로움, 그것이 바로 내가 꿈꾼 검사였다. 하지만 현실에서, 그것도 초임 검사에게는 그 꿈은 먼 나라 이야기였다.

하루에 수십 건씩 배당되는 사건들, 사실 관계를 확인하기 위해 검토해야 할 문건들, 직접 신문을 해서 형량을 구형하기 위한 꼼꼼한 법리 검토 등 거악 대신 나와 맞선 적(敵)은 사무실에 산더미처럼 쌓여 줄어들 생각을 하지 않는 서류 뭉치들이었다. 다른 생각을 할 겨를은 없었다. 가끔 텔레비전에서 방영되는 의학 드라마를 보면 잠을 이기지 못해 틈만 나면 졸거나 공간만 허락이 되면 드러눕는 인턴이나 수련의들의 모습을 보게 되는데, 그 모습과 내 모습이 하등 다를 바가 없었다. 나의 위장(胃腸)에는 8~90퍼센트가 자장면과 설렁탕으로 채워져 있었다. 당연히 출퇴근이라는 시간의 개념이란 거의 존재하지 않았다.

비록 꿈꾸던 검사의 모습과는 달랐지만 최선을 다했다. 첫 단추를 잘 꿰어야 나머지도 문제없이 제대로 옷을 입을 수 있기 때문이었다. 어느 직업이나 그렇겠지만, 특히 검사의 직책과 업무에는 실수가 있어서는 안 된다고 배웠다. 회사에서의 잘못은 그 피해가 회사와 개인 그리고 아무리 멀리 간다고 해도 주주 정도까지만 미치겠지만, 검사의 잘못된 판단과 행동은 엄청난 사회적 손실을 야기하는 것은 물론 갈등과 반목의 실마리를 제공함으로써 사회 전체의 균형을 깨뜨리는 돌이킬 수 없는 부작용을 일으킬 수 있기 때문이었다.

이런 마음가짐은 처음과 끝이 늘 같았다고 자부하는 바이다. 서울중앙지검에서의 혹독한 2년이 지나가고, 통영으로, 부산으로, 또 다시 여주로 본격적인 검사의 길을 걷기 시작했다. 비록 한 곳에 머물지 못하고 다른 검사들처럼 발령지를 오갔지만 내가 꿈꾸던 진짜(?) 검사생활은 그때부터 시작이었다.

당구에 한창 재미를 들인 사람들의 이야기를 들어보면, 잠자리에 누워서도 천장에 당구대가 그려지고, 공의 움직임이 보인다고 한다. 내게는 그 시절이 그랬다. 하루 종일 일을 하고 나서도, '내일이면 또 어떤 나쁜 사람들을 잡아넣어야 하지? 과연 어떤 부조리한 일들이 내 눈 앞에서 벌어지고 있는데 못 보고 있는 것일까?'라는 생각이 머리를 떠나지 않았다. 하물며, 통영에서 근무할 당시 신혼이었던 나와 집사

첫 검사발령을 받은
서울지검 형사부사무실

The Fight Against Terrorism: A Global Effort
8th Annual Conference & General Meeting of the
International Association of Prosecutors

람의 데이트 장소는 사건 현장으로 의심되는 굴 껍데기를 모아둔 쓰레기장이었다. 그때는 내 스스로도 '나는 천생 검사이고, 검사라는 직업은 내 천직이라'고 믿었다.

훗날 삼성의 편법 증여 사건의 수사 참고서가 되었던 벤처회사의 전환사채 저가발행 사건, 2004년 세상을 떠들썩하게 만들었던 유전게이트 사건, 그리고 전직 국정원장 두 명을 구속한 국정원 도청 사건*에서 고등법원 부장판사 법조비리 사건까지 10여 년 간의 검사생활 동안 맡았던 굵직굵직한 사건들을 돌아보면 감회가 새롭다.

그 중 특히 법조계의 대선배와 검찰 동료를 구속해야만 했던 국정원 도청 사건과 법조비리 사건은 잊으려야 잊

* 국정원 도청 사건: 2002년 10월, 정형근 전 한나라당 의원이 "국정원이 전화 도청한 내역을 담고 있다"며 A4용지 25장 분량의 자료를 공개하면서부터 시작되었다. 이어 여야 간 그리고 참여연대 등의 시민단체의 고발이 이어졌다. 공방 끝에 서울 중앙지검 공안2부는 2005년 4월 1일 국정원의 도청 의혹과 관련한 사건이 명확한 실체가 확인되지 않았으므로 신건 당시 원장 등에 대해 무혐의 처분을 내렸으나, 같은 해 8월, 국정원이 DJ 정부 4년간 도청과 감청이 이뤄졌음을 밝혀 일대 파문이 일어났다. 결국 검찰의 국정원 도청 사건 수사계획이 전면 재정비에 들어가게 됐다. 검찰 관계자는 발표를 통해 "안기부 시절 비밀 도청팀인 '미림팀'과 참여연대 고발 건 등에 대한 기존의 수사는 공안2부 수사팀이 그대로 맡고, 최근 발표된 국정원 도청 사건은 특수1부가 새롭게 중심이 돼 수사할 것"이라고 밝혔다. 나는 그 중 후자의 주임검사였고, 그 수사의 결과로 각각 외교부와 법조계의 대선배였던 임동원, 신건 두 전임 국정원장을 구속하는 악연을 맺게 되었다.

을 수 없다. 내게 '불도저 검사'라는 별명을 안기기도 했던 그 사건들을 통해 나는 피도 눈물도 없는 검사라는 말 또한 들어야 했다. 또한 수사 과정에서 조사를 받던 사람이 스스로 목숨을 끊은 일을 통해 조사도 받아야만 했다. 조사 결과, 내 수사 과정이 잘못된 것이 없었다는 것이 밝혀졌지만, 마음은 만신창이가 되었다.

몸도 마찬가지였다. 계속된 강행군에 몸무게는 5kg이나 빠지고, 간의 상태도 나빠져 사무실에 간이침대를 가져다 놓고 틈틈이 쉬어가며 일을 해야만 했다. 극복하기에는 내 자신이 너무나 힘들었다. 이제는 떠나야 할 때라는 사실을 그때 깨달았다.

남아서 더 큰 일을 할 수도, 또 더 높은 자리로 올라갈 수도 있었다.

chosun.com 2006년 9월 7일자 인터넷

한 특수부 검사의 인생

박민식 검사

현직 고법 부장판사와 동료 검사를 구속시켰던 서울중앙지검 특수 1부 박민식(41·사시 35회) 검사가 사표를 냈다.

최근 박 검사는 '법조브로커 김홍수 사건' 외에도 '국정원 도청사건', '오일게이트' 등을 수사했다. 사법 사상 처음으로 차관급인 고등법원 부장을 구속했고, 한솥밥을 먹던 후배 검사도 자기 손으로 구속했다. 도청사건 주임 검사로선 임동원·신건 두 전직 국정원장을 기소했다.

한 마디로 잘 나가는 특수부 검사였다. 그러나 박 검사는 가까운 기자들에게 "검찰에서 죄를 많이 지었다"고 말했다고 한다. 특□ □월 도청 사건으로 수사하던 이수일□ 차장이 자살하자 상당한 충격을 □□□다. 올해 7월엔 구속 중이던 김은□ 차장의 딸이 결혼 한 달 만에 자살□ 어졌다.

그가 선·후배 법조인을 수사한 □□ 사건'이 처음이 아니다. 2004년 □□□무 시절엔 검사 재직시 사건 청탁으□

만원을 받은 혐의로 K모 변호사에 대해 체포영장을 청구하기도 했다. 조직을 향해 칼을 휘두르는 '악연'이 이때부터 시작된 셈이다. '김홍수 사건' 수사 직전 지인들에게 "검사직(職)을 걸어야 하는 수사"라고 말했다고 전해진다.

사표를 낸 표면적인 이유는 '건강상의 문제'이다. 실제 몸무게가 5kg 이상 빠졌다고 한다. 간(肝)이 나빠져 간이 침대를 갖다 놓고 수사를 했다고 한다. 경제적인 어려움도 있었다는 후문이다. 고향인 부산에 홀어머니가 계신다고 한다.

東亞日報　　　　　　　　　　　2006년 09월 07일 목요일 a12 사회

선후배 수사 마음고생에…

'법조비리' 담당검사 사표

수입카펫 판매업자 김홍수 씨에게서 금품을 받은 판검사들의 비리 사건 수사에 중심적 역할을 했던 서울중앙지검 특수1부 박민식(41) 검사가 4일 사표를 냈다.

박 검사는 검찰 내에서 '특별수사통'으로 인정받아 온 중견 검사. 부산 출신으로 1988년 외무고시(22회)에 합격한 데 이어 1993년 사법시험(35회)에 합격해 검사로 임관했다.

이번 법조비리 사건 수사에서 박

그에 앞서 철도청(현 한국철도공사)의 러시아 유전개발 투자 의혹 사건과 한국도로공사의 행담도 개발사업 의혹 수사에도 참여했다.

한편으로는 올해 2월 검찰 인사에서 황교안 당시 서울중앙지검 2차장(현 수원지검 성남지청장)이 2002년 안기부 도청 사건의 부실 수사를 이유로 검사장 승진에서 탈락하자 검찰 내 부통신망에 이를 강력하게 비판하는 글을 올려 화제가 되기도 했다.

박 검사의 갑작스러운 사표 제출 소식이 알려지자 일선 검사들은 불

박 검사는 지난해 11월 불법감청 사건 수사 때 검찰의 대선배인 신건 전 국정원장을 구속한 데 이어 자신이 조사를 맡았던 이수일 전 국정원 2차장이 스스로 목숨을 끊자 지인들에게 "힘들다"고 호소했다고 한다.

이어 법조비리 사건 수사에서 구속 직전까지 현직을 유지하며 결백을 주장했던 조 전 부장판사를 조사하며 심리적 부담을 느꼈고, 한때 같은 건물에서 근무했던 김영광 전 검사가 결국 구속된 것도 사의를 굳히게 했다.

□와의 전 □ 않고 그 □만 밝혔 □는 당분 □ 개업을 할

□edonga.com

국민일보　　　　　　　　　　　2006년 09월 07일 목요일 008 사회

"이제 옷 벗어야 할때"

조관행 구속한 서울지검 박민식검사 사표
도청사건 등 대형사건 주도 '불도저' 명성

법조브로커 김홍수씨 사건의 주임검사를 맡아 조관행 전 고법부장판사와 김영광 전 검사 등을 구속했던 서울중앙지검 특수1부 박민식(41·사시 35회·사진) 검사가 사표를 내고 검찰을 떠나게 됐다. 박 검사는 김홍수씨 사건뿐만 아니라 국정원 도청사건, 오일게이트 등 대형사건 수사의 장애를 특유의 뚝심으로 돌파해 '불도저 검사 명성을 얻었다.

박 검사는 6일 "검찰에서 죄를

많이 쌓았다. 이제 옷을 벗어야할 때인 것 같다"며 "최근 사표를 냈으니 10여일 안에 수리될 것으로 안다"고 말했다.

그는 브로커 김홍수씨 사건을 수사하면서 법조계 대선배인 조관행 전 부장판사와 3년 후배인 김영광 전 검사를 구속수사하면서 심적 고통에 시달린 것으로 전해졌다.

실제 그는 몇달 사이 몸무게가 6kg 줄었고, 건강도 악화돼 수시로 간이침대에서 쉬어야할

정도였다고 한다.

그는 이 사건 이전부터 구속이 여전한 듯 "제가 죄를 많이 지어서… 여러 가지가 얽혀 조여오니까 더 버틸 수가 없더라"며 한숨을 쉬었다. 그는 "세상이 넓으니까 나가서 좋은 일을 많이 해야겠다"고 말했다.

김현웅 특수1부장은 "검찰이 정말 놓치기 싫은 검사였는데 건강이나 경제적 사정이 모두 좋지 않으니 안타까울 뿐이다"고 말했다.

강주화 기자 rula@kmib.co.kr

국정원 차장이 자살하자 큰 충격을 받고 사표를 내려왔다.

하지만 밀린 업무가 많고 주위의 만류도 심해 사표를 늦은 것으로 전해졌다. 박 검사는 고향인 부산에 홀어머니가 있고 가족 전체가 경제적으로 어려운 상황도 사표의 배경으로 작용했다는 후문이다.

그는 이수일 차장 죽음의 충격에

하지만 왠지 그 자리에 남아서 내가 할 일이 없을 것 같았다. 아니 할 일은 있을지 모르지만, 내가 원하는 일은 더 이상 생기지 않을 것 같았고, 내 열정과 능력을 쏟아 부을 수 없을 것 같았다. 한 마디로 원 없이 해 봤고, 이전의 나보다 앞으로의 나는 더 잘할 자신도 없었다.

내 선택이 언제나 그랬듯이 나는 뒤를 돌아보지 않기 위해 다시 사표를 냈다. 주위의 만류는 대단했다. 하다못해 잘 알지 못하는 선배 검사까지 일부러 전화를 걸어 사표를 다시 거두라고 설득했다. 하지만 떠나야 할 때를 아는 사람이 진정 현명한 사람이라는 생각은 더 확실해졌다. 아쉬움도 남았지만, 더 이상 미룰 시간도 이유도 없었다. 그렇게 나는 아쉬움과 자부심을 뒤로 한 채 검찰을 떠났다.

2

정치에
몸을
던지다

국회의원

━━━━

　　국회의원이 된 후 최근까지 가장 많이 들었던 소리 중 하나를 꼽으라고 한다면 '왜 국회의원이 되었는가에 대한 질문'이다. 익숙하지만 까다롭기도 하고 솔직히 뜨끔하다.

　　어물쩍 넘어가려 한다면, 한 마디로 '소신 없는 정치꾼'이 될 테니 조심스러울 수밖에 없다. '국가와 국민을 위해서'라는 모범 답안을 내놓으면 까다로울 이유도 뜨끔할 까닭도 없겠지만 그럼에도 불구하고 그러지 못하는 것은 내 자신이 너무 솔직해서일지도 모른다.

　　돌이켜 보면 꿈 많은 대학생 시절에도, 외교관을 꿈꾸었을 때도, 또 그 꿈을 접고 검사의 길을 택했을 때도 정치인의 길이 내 가슴 속 어딘가 아주 작지만 자리 잡고 있었던 것 같다. 그리고 운명적인 사랑이 그러한 것처럼 기회는 뜻하지 않은 순간에 찾아왔고, 고민할 틈 없이 받아들였다. 그렇기 때문에 내 정치 인생 시작의 계기에 대한 솔직한 답은 '어떻게 살다보니 인연이 이렇게 되어서'이다.

나에게 있어 부산의 구포시장과 덕천시장은
어릴 적부터 삶의 터전이자 놀이터였다.
만덕동의 닥지닥지 늘어서 있는 판잣집 영세민촌은
나의 정서의 가장 밑바탕을 형성해 준 진정한 고향이었다.
그들의 눈물과 애환은 바로 나의 성장의 울림통이었다.

언제나 이에 관해 약방의 감초처럼 덧붙이는 이야기가 있다.

오래전, 활쏘기 대회에 응시한 어떤 사람이 너무나 긴장하는 통에 활을 쏘지 못하고 있다가 시험관의 호통에 깜짝 놀라 시위를 놓아버렸다. 그런데 놀랍게도 시위를 떠난 화살은 날아가는 솔개에 적중했고, 그 사람은 졸지에 명궁 소리를 들으며 합격했다. 그 후, 그 사람은 자신의 실력이 탄로 나지 않기 위해 밤마다 활쏘기를 익혔고 끝내 진짜 천하의 명궁이 되었다고 한다. 이 이야기가 아마도 지금 나의 입장을 대변해 줄 수 있을 것 같다.

사르트르가 말하지 않았나. 인간은 스스로 만들어가는 것 이외의 아무것도 아니라고.

새로운 시작
그리고 북구

━━━━━━

불도저 검사, 언론에서 내게 붙여준 별명이다. 법조 브로커 사건, 전직 국정원장 두 명을 구속시킨 국정원 도청 사건, 유전게이트 사건 등 그야말로 세상을 떠들썩하게 했던 사건을 뚝심 있게 처리했다고 붙여진 별명이었다.

사실 그 별명은 검찰을 떠나던 시점에서 붙여진 별명이었기 때문에 정작 효과(?)를 거둔 것은 검사 시절이 아닌 국회의원으로 출마할 때였다. 검사 생활을 그만두고 변호사 생활을 약 1년 정도 했을 무렵, 몇몇 사람들이 찾아왔다. 고향인 북구에 출마를 해 보는 것이 어떻겠냐는 권유를 하기 위해서였다. 앞에서도 이야기했다시피 정치의 길이 내 마음 속에 있었을지언정, 한 번도 깊게 고민한 적이 없었기 때문에 당황스러웠다.

40대 변호사, 정형근 의원에 도전장

연합뉴스 기사입력 2008-01-13 14:33 최종수정 2008-01-13 15:55

정형근 의원에게 도전하는 박민식 변호사

'도청사건' 주임검사 출신 박민식씨

(서울=연합뉴스) 차대운 기자 = 40대 초반의 젊은 변호사가 한나라당의 중진인 정형근 의원에게 도전장을 내밀었다.

13일 법조계에 따르면 국정원 도청사건과 법조비리 사건의 주임검사를 맡았던 박민식 변호사(43.사시 35회)가 이번 총선을 앞두고 한나라당 부산 북·강서갑 국회의원 공천을 신청할 예정이다.

박 변호사는 서울중앙지검 특수1부 검사로 있던 때 국가정보원 도청사건의 주임검사로 신건, 임동원 전 국정원장 등을 직접 조사했으며 법조브로커 김홍수씨 사건 때는 조관행 전 고법부장판사를 구속하는 등 저돌적 수사력을 인정받아 '불도저 검사'라는 별명까지 얻었다.

하지만 2005년 11월 자신이 직접 자백을 받아냈던 이수일 전 국정원 차장이 자살한 사건과 관련해 마음의 상처를 크게 입어 2006년 9월 변호사를 개업한 것으로 알려졌다.

1988년 외무고시 22회에 합격해 외교부 사무관으로 일하던 박 변호사는 1993년 사법시험에 합격해 검사생활을 시작한 특이한 이력도 갖고 있다.

박 변호사는 "검사로 있는 동안 국정원 사건과 같이 거대한 바위에 맞서 싸운 경험을 많이 한 만큼 중진 의원과 맞서 공천경쟁을 벌일 자신이 있다"고 말했다.

또한 당내에서도 상당히 존재감 있는 3선 현역의원이 적극적으로 재출마를 생각하고 있었기 때문에 내키지도 않았다. 어렵다는 사법시험과 외무고시에도 붙었는데 선거가 뭐 어렵냐는 말도 있었지만, 사람의 마음을 얻는 선거와 공부를 통해 개인의 실력을 평가받는 시험은 엄연히 다르다고 생각했기 때문에 부담감도 있었다.

하지만 많은 분들의 격려와 성원에 나는 더 이상 좌고우면하지 않기로 했다. 그리고 18대 총선에 출마하기로 분연하게 결심했다.

사실 나는 정치 지망생 중에서도 알짜배기 초년생이었다. 워낙 긴급하게 결정을 내린 탓에 제대로 준비도 되어 있지 않았고, 특히 정치 현실적으로 든든한 배경이 되어줄 만한 정치인들이 하나도 없었다. 당시만 해도 '친이계'니 '친박계'니 어디라도 굵든 가늘든 연결되는 줄은 하나 있어야 한다는 게 정설이었지만, 아쉽게도 내게는 그런 줄이 전혀

없었다. 오직 시대를 위한 열망과 내 살던 고향을 한번 제대로 바꿔보겠다는 기개 하나만을 믿고 공천 경쟁에 뛰어들었다. 어떤 분들은 더러 그러한 결정을 만류하며 걱정하기도 했다. 앞에서 말했듯이 3선의 현역 최고 위원이 버티고 있는 지역에 출마한다는 것이 쉽지 않은 일이었기 때문이다. 나는 그런 이야기를 들을 때마다 마음속으로 생각했다.

'험한 바다에 내 한 몸을 던지는 것은 별로 두렵지가 않다. 중요한 것은 내가 가지고 있는 비전과 열정을 통하여 선택될 수 있는 가치를 충분히 입증해 보이는 것이다. 오직 진실을 남김없이 보여 줄 것이다.'

공천의 과정은 우여곡절의 연속이었다. 마지막까지 당에서 내가 후보로 적합한지 여론 조사를 돌렸다고 한다. 돌이켜 보면 행운이 따랐다. 때마침 지역에서 불고 있는 세대교체에 대한 열망이 당의 공천정신과도 맞아 떨어졌기 때문이다.

사실 지금은 많이 쇠퇴하긴 했지만, 예전에 구포라고 통칭되던 북구는 낙동강을 낀 수로교통의 요지라는 여건을 바탕으로 대대로 상권이 발달하고, 상당히 흥했던 곳이었다. 일제강점기 때, 전국에서도 드물게 일찍감치 철도가 개통되었고, 구포우체국은 부산과 동래에 이어 세 번째로 문을 연 곳이었다. 구포은행 또한 서울을 포함한 전국에서 세 번째로 세워진 은행이자, 지방에서는 처음 설립된 은행이었다. 이 정도면 구포가 요샛말로 얼마나 잘 나가던 동네인지 미루어 짐작할 수 있을 것이다.

낙동강을 따라 이어지던 뱃길이 점점 끊기면서 한 해, 두 해 쇠락의 길을 걷기 시작했다. 그렇게 북구를 비롯한 서부산권의 경제가 기운을 잃어가기 시작했다. 하지만 바다를 거점으로 하는 산업들은 여전히 호황을 누렸고, 거기에 더한 해운대 등의 관광 산업 활성화와 개발바람

북구 주민의 염원을 받들어 반드시 우리 북구를
누구나 살고 싶어 하는 북구로 만들겠다고
18대 국회 의원으로서 첫 당선인사를 했다.

으로 동부산권은 그야말로 비약적인 성장을 거듭해 갔다. 서로 상이하게 위와 아래로 향하는 동서 간의 격차는 결국 심화로 이어졌고, 이제는 더 이상 따라잡을 수 없는 것 아닌가라는 생각이 들 정도로 크게 벌어져 버렸다.

출마를 결심했던 시점의 북구의 상황은 그랬다. 결국 내가 할 일은 그 벌어진 간극을 좁히는 일이었고, 아무런 정치 경험, 지지 기반 등이 없었던 내가 할 수 있는 말은 '불도저 검사'로 불릴 만큼 자신 있었던 뚝심과 끈기로 북구를 '확' 바꾸겠다는 약속뿐이었다.

요즘 이런저런 방송 출연이 많다 보니 외모를 가지고 '꽃미남 의원'이라는 별명을 지어 주기도 했지만, 사실 내 성격이나 일하는 모습은 꽃미남과는 거리가 멀다. 본디 부산 촌머스마인지라 투박하고, 외양에는 신경을 쓰지 않고 뭐든지 직설적이고 확실한 걸 좋아한다. 성격도 그러한데다가 특히 18대 첫 출마는 워낙에 선거 전략이라든지 그런 것들도 잘 몰랐기 때문에 그저 이름 석 자, 얼굴 하나 들어간 명함 한 다발을 들고 무조건 발바닥에 불이 나도록 지역을 도는 게 최선의 선거 전략이었다.

슬로건 또한 그러했다. 내가 누구고, 무엇을 했으며, 무엇을 할 거라고 말하기보다 무조건 '북구의 아들, 박민식'이라는 말로써, 믿어 주면 잘 하겠다는 의지만을 내세웠다. 그때를 돌이켜 보면, 아무것도 없던 불모지에서 무식하게 앞만 보고 나가던 내 자신이 정말 '불도저' 같았다는 생각이 든다.

지역민들의 변화에의 열망, 새로운 정치에의 기대, 그리고 지역 발전을 위한 실천력을 겸비한 정치 신인에 대한 과감하고 용기 있는 지지가 있었기에 나는 결국 무난하게 선거를 치르고 국회에 입성을 할 수가 있었다.

그 당시 당선 소감에서 나는 이렇게 밝혔다.

"저의 당선은 부산 북구를 희망과 활기가 넘치는 도시로 바꿔 달라는 주민들의 간절한 바람의 표현이라고 생각하고 북구 주민들의 성원에 머리 숙여 깊이 감사를 드리며 북구 주민의 염원을 받들어 반드시 우리 북구를 누구나 살고 싶어 하는 북구로 만들겠습니다."

잠시 사족을 달자면, 사실 지역에서 여러 분들이 찾아오기 전에 다른 경로를 통해 출마를 권유받은 적이 있었다. 대선을 위해 역할을 하면, 공천을 도와주겠다는 일종의 대가성 제안이었다. 당시의 대선 분위기는 이미 한나라당 쪽에 많이 기울어 있었기 때문에 솔깃한 제안임에 틀림이 없었다. 하지만 어떠한 목적의식, 소명의식 없는 선택은 무의미한 것이라는 생각과 대가성이라는 생각에 영 내키지 않았고, 결국 그 기회를 포기했다. 어떠한 계파에 속하지 않을 수 있었던 것, 마음먹은 일들을 소신껏 할 수 있었던 것은 돌이켜 보면 그 기회를 놔버렸기 때문이 아닌가 생각이 든다.

보훈가족으로 당선 후 맨 처음 찾아뵌
백범 김구 선생님의 손자되시는
김양 국가보훈처장님과

나의 아버지

　　가지 않던 길에 첫 발을 딛을 때 함께 걱정하고 고생해 준 사람들에게 감사를 느끼는 일은 당연하다. 하지만 역시 부모님에 대한 감사가 가장 클 수밖에 없었다. 외무부 공무원에서 검사로, 또 검사를 관두고 변호사를 잠시 하는 듯싶더니 출마를 하겠다는 아들이 어머니 입장에서는 안쓰러웠을 것이다. 특히 "돌아갈 곳을 생각하면, 더 나갈 수 없다는 마음가짐을 갖겠다."며 제대로 상의도 하지 않고 사표를 쓰고 배수의 진을 쳐댄 아들을 보는 홀어머니의 서운한 마음을 충분히 짐작할 수 있었다. 그런데도 어머니는 늘 여전히 기도로써 또 직접 몸으로써 아들 뒷바라지를 하셨다.

　　하지만 젊은 나이에 남편을 잃고, 6남매를 키워온 내 홀어머니는 장성한 자식들에게 본인 희생에 대한 보상을 요구할만한 충분한 자격과 권리가 있다고 생각했다. 묵묵히 남들과 기쁨을 나누는 순간에 본인이 원래 있던 곳으로 조용히 돌아가시는 모습을 보면서 감사를 드리는 마

어머니, 나의 어머니…

아버지의 아들로
부끄럽지 않게 살겠습니다.

음보다는 헌신이라는 무거운 의미를 다시 새길 수밖에 없었다.

그리고 또 한 분, 아버지는 이미 이 세상 분은 아니시지만 내가 정치라는 영역에 발을 딛을 수 있는 씨앗을 마음속에 뿌려준 분이다. 아버지는 어린 꼬마를 데리고, 국가와 국민을 위해 일하라고 말씀하시지 않았지만, 내 머릿속에 아버지는 가족을 위해 또 나라를 위해 헌신했던 멋진 사람으로 늘 남아있다.

아버지와 얽힌 이야기 중 인상 깊었던 것은 아버지가 초등학생이었던 시절, 일본인 교사의 한국인 교장선생님 폭행에 항의하여 사상 초유의 초등학교 동맹휴학 의거를 벌였던 일이다. 이 일로 인해 당시 6학년이었던 아버지는 11일 동안 미결수 감방에 구금되는 등 어린 나이에 고초를 겪었다고 한다. 아직도 아버지의 모교인 거창 신원초등학교에는 그때의 일을 기리는 항일의거비가 서 있다.

분명히 변변치 않은 가정에서 태어나 아무것도 가진 것 없었던 나에게 최고의 성공 수단은 고시였다. 하지만 그때 당시 내가 굴지의 대

기업을 쳐다보지 않고, 부(富)를 얻을 길을 택하지 않았던 이유는 내 몸 안에 흐르고 있는 불의에 맞서고, 국가와 국민을 위해 충성했던 아버지의 DNA가 흐르고 있기 때문인지도 모를 일이다.

매년 찾아갔던 현충원이지만, 선거 후에 향하는 첫 발걸음은 기쁨에 들떠 있었다. 한양에서 장원급제를 하고 꽃마차 타고 금의환향하는 느낌이 이런 걸까? 자부심, 자긍심, 그 어떤 표현으로도 모자랄 만큼 한껏 흥분돼 있었다. 그도 그럴 것이 이제까지는 혼자 공부해서 나의 능력을 검증받는 방식으로 나름대로의 성공을 거뒀다면, 선거는 사람들 앞에 당당히 서서 겨루는 일이었고, 또 인정받음을 통해 뽑혔으니 그럴 만도 했다. 또 나이 마흔둘에 그런 경험을 해 본 사람이 얼마나 될까.

하지만 그런 들뜬 기분도 막상 아버지 앞에 서자 사라졌다. 들떠 있는 마음을 누른 것은 돌아가신 아버지에 대한 추억이 아니라 내 앞에 놓인 책무 때문이었다. 과연 잘 할 수 있을까. 결국 아버지 앞에 놓고 돌아온 것은 당신을 향한 나의 자랑이 아닌 한 다발 국화와 한 잔의 술, 그리고 굳은 다짐이었다.

현충원을 찾았습니다.
머나먼 월남에서 돌아가신 아버지를 기리기 위해 매년 찾은
현충원

36년 전, 아버지가 그러했던 것처럼
저 또한 이 나라와 국민을 위해
뭔가 조그만 흔적이라도 남겨야 되지 않는가 하는 마음으로
국회의원을 막 시작한 즈음

올해는 그 어느 해보다 감회가 새롭기만 합니다.

많은 분들의 성원과 지지,
그리고 기대와 희망을 양 어깨에 짊어진
대한민국 국회의원으로서
아버지와 국가를 위해 희생한 여러분들 앞에서 다짐합니다.

자신이 아닌, 남을 위해,
그리고 국가를 위해 당신의 목숨마저도 바치신
아버지를 비롯한 여기 잠드신 많은 분들의
헌신적인 희생이 남긴 가르침들, 잊지 않겠습니다.

언제까지나 기억하고 되새기겠습니다.
지켜봐 주십시오.

아버지, 사랑합니다.

<2008년 6월 6일, 당신의 사랑하는 아들이>

국회 등원의 단상

2008년 5월 30일, 국회는 열리지 않았다

▄▄▄▄▄▄▄▄

살아가면서 가장 크고 오래 남는 배움은 직접 몸으로 부딪혀 얻는 경험이다. 외교학과를 나왔고, 고시공부도 좀 해봤다. 매일매일 신문 지면에서 정치면을 챙겨볼 정도의 관심을 가지고 있었다. 정치권의 잘잘못에 대해서, 검사의 입장에서 또 국민의 입장에서 분석해 보기도 하면서, '나라면 이렇게 할 텐데'라는 생각을 해 보기도 했다. 막상 한다면 잘 해야 한다고 생각하는 게 당연했고, 잘 할 자신도 있었다.

하지만 현실정치, 한 마디로 이상과는 달랐고, 밖에서 지켜보던 것과는 확연히 달랐다. 그리고 그것을 알게 되기까지 오랜 시간조차 걸리지 않았다.

2008년 5월 30일은 18대 국회가 시작되는 날이었고, 그로부터 7일 후인 6월 5일은 첫 회의가 예정된 날이었다. 하지만 그날, 국회는 열리지 않았다. 미국산 쇠고기 수입문제로 야당 측에서 개원을 무기한 연

기하기로 결정했기 때문이었다. 지난 15대 국회 때, 야당이 부정 선거 의혹을 제기하며 원 구성을 거부한 이래로 처음 있는 일이었다.

사연이야 어떻든 한 마디로 법을 어긴 것이었다. 그 동안 보았던 어떤 책에도 나와 있지 않는 일이었으며, 또 법을 집행하는 검사의 입장에서 보면 기가 막힐 노릇이었다. 심각하게 표현한다면 일종의 헌법 정지사태인데, 정작 국회 안에서는 '국회가 입법기관이지 준법기관이냐'는 말이 아무렇지 않게 농담처럼 돌았다. 법과 절차를 이야기하며 국회를 열어야 한다는 주장은 그야말로 씨도 안 먹히는 바보 같은 소리였다.

사실 국회가 열려야 하는 그날, 나는 상황이야 어떠하든 당연히 국회가 열릴 줄 알고 처음 회의에 임하는 마음을 적어 홈페이지에 올리기까지 했다.

대한민국 국민을 위한 저의 약속,
이제 오늘로 그 실천의 시작에 섰습니다.

지켜봐 주십시오.
선거 기간 동안 많은 분이 보내 주셨던 뜨거운 성원과 지지,
이제 올바른 길로 나가기 위한 귀한 가르침으로 삼겠습니다.

검사와 변호사 시절,
제 가치관의 최우선은 정의(正義)였습니다.
정의를 위해 제 모든 것을 바치는 것이
최선(最善)이라고 믿어 왔습니다.
법 앞에서 모든 이가 평등하다는 신념을 지키려고
노력했습니다.

이제 저는 18대 국회의원으로서
신념에 더 큰 책임을 스스로 지려고 합니다.
정의를 지키는 것보다

올바른 정의를 세우는 것이 더 중요하다고 믿고,
국민 모두가 옳다고 믿는 모두의 정의를
만들어 가고자 합니다.

앞으로 제겐 지금보다 더 큰 책임과 임무,
그리고 역할이 주어질 것입니다.
초심을 지키고, 그 위에 국민의 마음을 얹겠습니다.
그리고 국민이 제게 준, 책임과 임무, 역할을 위해
제가 가진 모든 힘과 지혜를 다하겠습니다.

거만한 여의도 정치인이 아닌,
현장에서 국민의 목소리를 듣고 실천하는
정치인의 길을 가겠습니다.

국민의 아픔과 눈물을 딛는 정치인이 아닌,
단 한 번이라도 진실과 감동의 눈물을 함께하는
정치인의 길을 가겠습니다.

박민식의 새로운 시작에
여러분의 더 큰 관심 그리고 성원을 부탁드립니다.
감사합니다. 그리고 사랑합니다.

〈2008년 6월 박민식〉

이 글을 적고나니, 나는 한 마디로 현실감 떨어지는 철없는 초선이 되어 버렸다. 솔직히 말하면 재선까지 오면서 이제 나 또한 이런 분위기에 익숙해져 버렸다. 제때 열리지 않는 회의가 당연해졌고, 매년 12월 31일까지 국회에 남아 대기하는 일에 익숙해져 버렸다. 하지만 나는 바란다. 언젠가 분명 당연하고 익숙한 것들에 대해 작별을 고하기를…….

정치인 박민식의
자괴감

━

　　2009년, 그 어느 해보다 다사다난했다. 경기는 불황으로 치달았고, 북한은 미사일을 쏘아 올렸다. 박연차 게이트로 세상이 떠들썩했다. 여야 간 대립은 말싸움 수준을 넘어 격한 몸싸움으로 이어졌다. 정치 신인이었던 나에게는 그야말로 충격적인 해였다. 국민에 대한 부끄러운 마음마저 감출 수 없었던 시기이기도 했다.

　　존경하는 국민 여러분!
　　유례없는 경기 불황에, 북한의 미사일, 박연차 게이트
　　정말 모든 것이 혼란스럽습니다.
　　이럴 때일수록 정치가 새로운 길과 비전을 드려야 되는데
　　그러지 못해 정치인의 한 사람으로 항상 송구스럽게
　　생각하고 있습니다.

존경하는 선배·동료 의원 여러분!
저는 우리 정치가 국민의 신뢰를 얻을 수 있다면
북한의 미사일도 능히 이길 수 있다고 생각합니다.
공자님도 정치에 있어서 가장 중요한 것은 무기도 아니요,
밥 먹는 것도 아닌
바로 국민의 믿음이라고 하지 않았습니까?

정치가 국민의 믿음을 확보하기 위해서는
무엇보다도 관용과 절제가 있는 정치문화를 만들어야 합니다.

너 죽고 나 죽자 식은 더 이상 안 됩니다.
너는 빵점, 나는 백점의 룰도 더 이상 안 됩니다.
자신을 위해서라도 조금씩 양보를 해야 합니다.
이런 정치문화가 가꾸어져 있을 때에야
비로소 우리 국회에도 새로운 희망을 기대할 수 있습니다.

남북관계도 마찬가지입니다.
정치권이 서로 갈등하고 반목만 할 것이 아니라
여야의 목소리를 하나로 모아
북한과 대화한다면 지금보다 훨씬 나은 관계를
이어갈 수 있다고 생각합니다.
그리고 그 위에서 진정한 국민의 신뢰와 민족의 번영이라는
싹이 틀 것입니다.

〈2009년 4월, 제282차 본회의 정치 분야 대정부 질문 중〉

감히 선배와 동료 의원들에게 대정부 질문 자리를 빌려 속마음을 이야기해 본 적도 있었다. 하지만 변한 것은 하나도 없었다.

2009년 7월 16일, 제헌절을 하루 앞둔 날의 국회는 그야말로 전쟁터였다. 미디어법을 둘러싸고 여야가 한쪽은 본회의장 안에서 그리고 나머지 한쪽은 본회의장 밖에서 자리를 펴고 밤샘 대치를 했다. 자리가 편할 리 없고, 마음은 더 착잡하고 불편했다. 본회의장 안을 여기저기 둘러보니 불빛을 피해 의자 밑에서 억지로 잠을 청하고 있는 사람, 운동화 차림에 생각에 잠긴 듯 걷고 있는 사람들이 보였다.

다른 한편에는 어깨에 담요를 두른 채, 야식으로 허기를 달래는 의원들도 보였다. 잘했든 못했든 소위 국민을 대표하는 국회의원의 꼴이 말이 아니었다. 그리고 나 또한 그 중 한 명이었다. '내가 여기서 지금 대체 무엇을 하고 있는 걸까?'라는 생각과, 누군가를 탓하기 전에 나 스스로가 '이러려고 국회의원이 된 것은 아닌데!'라는 자괴감이 밀려왔다.

국회의원이 된 지 1년이 된 시점에서 싸우는 정치는 앞으로 한 발짝도 나가지 못하고 있었다.

여야 의원 개개인이 만나면 서로 대화가 됐지만, 당론이 정해지면 어느 순간 강경 일변도로 바뀌어 버리는 모습에서 과연 정당정치의 본질이 무엇인가 고민하지 않을 수 없었다. 대화와 토론의 과정도, 또 설령 그 과정을 거쳤더라도 상습적으로 물리력을 통해 그 결과를 뒤집으려 한다면 어떻게 대한민국을 의회민주주의의 시스템을 갖춘 나라라고 말할 수 있을까라는 생각이 들었다.

국회의원이 된 지 1년이 된 시점에서
'내가 여기서 지금 대체 무엇을 하고 있는 걸까'라는 생각과
누군가를 탓하기 전에 나 스스로가
'이러려고 국회의원이 된 것은 아닌데!'라는
자괴감이 밀려왔다.

여야가 대립하던 2009년 5월과 8월에 김대중과 노무현,
두 전직 대통령을 저 세상으로 떠나 보냈다.
그때 문득 '얼마나 더 많은 사람들을 아프게 하고,
얼마나 더 큰 슬픔을 겪어야만 대한민국의 정치가 대화와 타협
그리고 관용의 장으로 거듭날 수 있을지…'라는 생각이 들었다.

여야 가릴 것 없이 입으로는 '국민을 위한 정치'를 말한다. 하지만 과연 그때나 지금이나 사소한 일에도 사사건건 대립하는 우리 정치의 모습을 보면 대한민국 정치의 나아가는 목적과 지향점을 알 수 없다. 다만 그럴 때마다 확실하게 느끼는 한 가지 감정은 국민들 그리고 나를 국회에 보내준 사람들에 대한 죄송한 마음뿐이다.

여야가 그렇게 대립하던 2009년 5월과 8월에 노무현과 김대중, 두 전직 대통령을 저 세상으로 떠나보냈다. 국민들은 물론, 사회 각계각층에서 그 분들의 빈소를 찾아 조문했다. 슬픔을 애도하고 기리는 데에는 여야가 없었다. 그때 문득 '얼마나 더 많은 사람들을 아프게 하고, 얼마나 더 큰 슬픔을 겪어야만 대한민국의 정치가 대화와 타협 그리고 관용의 장으로 거듭날 수 있을지…'라는 생각이 들었다.

삶과 죽음이 모두 자연의 한 조각이 아닌가.
가슴이 아려옵니다.

당신을 만난 적이 없어도
그 고통을 조금이나마 이해할 것 같습니다.

당신과 생각이 다른 것도 많았지만
당신으로부터 배울 점도 많았습니다.

세상으로부터의
박수도, 손가락질도

이제 모두 잊고 평안한 안식에 드시길
깊이 머리 숙입니다.

〈고(故) 노무현 대통령 서거 후〉

다행스럽게도 싸우는 국회, 대립과 반목의 국회라는 오명을 벗기 위한 여야 간의 오랜 노력은 18대 국회 막바지에 이뤄낸 '국회 선진화법'으로 어느 정도 결실을 거뒀다. 하지만 처음부터 예견되었듯이 대립과 반목을 완벽히 잠재울 수단은 되지 못한다는 증거가 19대 국회 초반부터 나타나고 있다. 또한 당내에서는 사사건건 야당에 발목 잡혀 국회가 마비되지 않을까 하는 또 다른 우려와 개정의 움직임까지 있는 것이 사실이다.

　하지만 처음부터 이 법은 여야가 협상을 하고 또 합의를 할 수밖에 없는 정치문화를 인위적으로라도 만들기 위해 마련된 것이라는 취지를 살필 때, 결국 타협과 양보의 인내심을 가져가는 것이 옳다고 믿는다. 민주주의를 향한 우리 정치문화의 성숙은 눈앞의 효율성은 양보하고, 시간이 걸리더라도 이견을 조율해 가는 과정을 택함으로써 효과적인 정책을 만들어 가는 데 있다는 게 나의 생각이다.

피해자를 위하여 울어라 I

채권의 공정한 추심,
화학적 거세,
범죄피해자보호기금법

누군가 내게 초선 국회의원으로서 4년 동안 무엇을 했느냐고 물으면, 나는 한 마디로 이렇게 답할 생각이다.

"피해자를 위하여 울어라."

국회의원으로서 길을 가기 이전에 나는 검사였다. 그리고 검사 시절 읽은 한 권의 책에서 "검사는 피해자를 위하여 울어야 한다."는 구절은 너무나 가슴에 와 닿아 금과옥조(金科玉條)로 삼았다.

정치라는 것이 무엇일까? 내가 과연 어떤 목적의식을 가지고 그 길을 걸어 나가야 할까라는 생각의 끝에 도달한 결론이 바로 "억울한 사람이 없도록, 있다면 이들을 위해 함께 울고 눈물을 닦아 결국 희망을 되돌려 주자."는 것이었다.

그런 의지를 바탕으로 실천한 결과물들이 바로 '채권의 공정한 추심에 관한 법률' '화학적 거세법' 그리고 '범죄피해자보호기금법'의 제정이었다.

경제가 너무 어렵습니다.
서민들의 살림살이는 허리띠를 졸라매도
좀처럼 나아지지 않고,
문턱이 닳도록 은행을 찾아가도 돈 빌리기가 쉽지 않습니다.

돈 빌리기가 힘들다 보니
터무니없이 높은 이자를 무릅쓰고라도
당장 생활비를 빌리려는 서민들은 늘고,
그에 따른 불법적이고 흉포한 채권추심 사례도
늘고 있습니다.
그야말로 서민을 '두 번 죽이는' 일입니다.

작년에 제가 발의해서 지난 1월 13일,
참석 의원 100%의 찬성으로 통과된
'채권의 공정한 추심'에 관한 법률안은
이러한 채무자들의 불법적인 행위를 차단함으로써
서민의 고통을 덜어 드리고자 하는 취지의 법안입니다.

서민을 위한 법안에 한 마음, 한 뜻으로 동의해 주신
선배·동료 의원님들께 감사드립니다.

아무쪼록 새해에는 서민들이 고통 받는 일이
없었으면 좋겠습니다.

하루빨리 우리 경제가 다시 되살아나길 기원합니다.

〈2009년 1월 박민식〉

선한 의지를 가진 일이라도 늘 난관은 있는 법이다. 특히 법을 만드는 일은, 모든 국민에게 적용이 되는 것이므로 모든 가능성을 열어두고 검토되어야 하기 때문에 더욱 쉽지 않다. '채권의 공정한 추심에 관한 법률'의 제정은 그런 측면에서 없던 법률을 만들어 낸 것이었음에도 불구하고 상당히 쉽고 신속하게 처리되었다.

악성 채무자와 선의의 채권자의 문제가 있긴 했지만, 당시 사회적 문제였던 악덕 채권추심 행위 방지에 대한 사회적 공감대가 무척이나 컸기 때문이다.

하지만 화학적 거세법과 범죄피해자보호기금법은 그러하지 못했다. 일반 국민들로부터는 많은 공감대를 얻어냈지만, 인권 문제 그리고 돈 문제가 앞을 가로막고 선 것이다.

우선 13세 미만의 아동을 대상으로 한 상습적 성범죄자에게 주기적으로 호르몬제를 주사해 성적 욕구를 감소시키는 한편, 심리치료를 병행토록 규정한 일명 화학적 거세법은 미국의 8개 주와 유럽의 몇몇 나라에서 이미 도입되어 있던 제도였다.

아동 성폭력은 성인을 대상으로 한 성폭력과 달리 일종의 정신병으로 기존처럼 처벌만 해서는 근본적인 예방이 어렵기 때문에 이러한 제도가 필요하다는 게 전문가들의 의견이었다. 또한 법안을 준비하면서 함께 실시한 여론 조사 결과, 조사 대상의 70% 가량이 약물치료 도입의 필요성에 대해 찬성하는 것으로 나타났다.

설령 논란이 있더라도 법으로써 충분히 만들 필요성이 있다고 생각됐고, 실천에 옮겼다. 정서상 통과가 쉽지는 않겠지만 그렇더라도 아동 성범죄에 대한 많은 관심과 대책들을 이끌어 낼 수 있지 않겠냐 하는 기대도 물론 가지고 있었다. 하지만 관심을 기대한 것마저 과한 일

한국경제

2008년 11월 29일 토요일
A10면 사회

밤 9시이후 빚독촉 못한다

한나라 '공정 추심법' 처리키로

한나라당은 오후 9시 이후에 채무자에게 전화하거나 방문해 공포심을 유발하는 빚독촉 행위 등을 금지하는 '채권의 공정한 추심에 관한 법률 제정안'을 이번 정기국회에서 처리키로 했다.

장윤석 한나라당 제1정조위원장은 28일 "최근 사채업자 또는 이와 결탁된 폭력배들의 횡포로 자살까지 하는 사례가 빈발했다"며 "지난 25일 박민식 의원이 대표 발의한 법률안을 당론으로 채택, 조속히 통과시킬 방침"이라고 말했다.

법률안은 결혼식, 장례식 등에 찾아가 추심 행위를 하거나 법적인 의무가 없는 친구, 친척들에게 대신 돈을 갚으라고 요구하는 행위 등도 모두 불법으로 규정했다. 야간 채권 추심을 할 경우에는 3년 이하의 징역 또는 3000만원 이하의 벌금이 부과된다. 특히 기존 대부업법 등은 대부업자나 여신금융기관들을 대상으로 했지만 이 법은 개인 사채업자나 일반 채권자들도 규율할 수 있도록 했다.

박민식 의원은 "기존에도 폭행이나 협박 행위는 형법으로 금지되어 있었지만 실효성이 없었던 게 사실"이라며 "불법 추심에 해당하는 여러 행위 유형들을 포괄적으로 규정한 게 이번 법안의 특징"이라고 설명했다.

김유미 기자 warmfront@hankyung.com

東亞日報

2009년 10월 08일 목요일 A33면 오피니언

찬 약물로 정신질환 고치자는 것

참혹한 아동성폭력 사건이 보도될 때마다 국민은 분노했고 정부는 대책을 약속했다. 그러나 "한 사람의 죽음은 비극이지만 100만명의 죽음은 통계학상의 문제"라는 스탈린의 말처럼 불안에 떠는 잠재적 피해자나 850만명에 이르는 부모들의 마음을 제대로 헤아린 적이 없었다.

작년에 발의했지만 전혀 빛(?)을 보지 못하던 일명 '화학적 거세법'에 대해 논란이 이는 모양이다. 법안에 대한 관심과 비판은 고맙지만 자세한 내용은 묻지도 않고 거세(castration)라는 용어에 방점을 두면서 인권침해라고 비난하는 분에게 서운한 감이 없지 않다.

우선 이 법안은 남자의 성기를 외과적으로 거세하는 내용이 결코 아니다. 쉽게 말하면 일시적으로 호르몬 주사를 놓자는 얘기다. 치료방법으로 주사를 맞는 것과 차

박 민 식
한나라당
의원

면 우울증이 심한 사람에게 약물을 투여하는 정신과 의사는 매일 인권침해를 하는 셈이다. 넷째, 이 법안은 심리 및 행동치료를 병행하는 내용을 담는다. 범죄자를 엄벌의 대상으로만 생각하지 말고 치료의 대상인 환자로도 인식함을 보여주는 대목이다. 즉 범죄자의 인권을 침해하는 것이 아니라 오히려 더 많이 배려하는 법안이다.

법안 반대론자들은 왜 조두순 같은 사람을 50년, 100년씩 독방에 가둔다고 할 때는 침묵하다가 약물로 치료하는 방법에는 그렇게 흥분하는지 답답하다. 인권침해 가능성에 대해서는 신중하게 접근해야겠지만 성폭력범죄자를 치료하는 노력을 포기한 채 독방에 그냥 가두어두는 방법이 훨씬 반인권적이라는 것이 검사로서 10여 년의 세월을 보낸 나의 솔직한 느낌이다.

'거세' 용어에 과민반응… 전자발찌론 한계

이가 없다. 둘째, 본인의 동의를 필요로 한다. 성폭력범죄자는 소아성 기호증 등 정신질환의 특징을 갖고 있다. 이런 자에게 전자발찌를 채우고 형량을 수십 년 부과한다고 범죄가 근절되리라고 기대하는가. 최근에도 아동성폭력 사범이 꾸준히 증가하는 현실은 무엇을 말하는가. 감옥 격리 망신 같은 아이디어만으로는 한계가 있다. 이제 새로운 패러다임이 필요하다.

셋째, 이 요법은 영구적 장애를 초래하지 않는다. 호르몬 요법으로 치료가 끝나면 성적 능력이 회복된다. 이 방법이 인권침해라

인권 선진국이라는 미국 덴마크 스웨덴 등 유럽에서 오래전부터 화학적 거세법을 시행해오고 있지만 인권침해로 큰 문제가 됐다는 보도는 듣지 못했다. 오히려 더 많은 나라와 지역에서 이런 법을 도입하려는 추세임을 곰곰이 생각해야 한다. 거세라는 용어의 잔혹성에서 해방되어 그 안에 있는 소중한 고민의 내용들에 천착했으면 하는 바람이다. 화학적 거세만이 완벽한 대책은 아니다. 하지만 우리 아이들을 성폭력으로부터 지키는 데 큰 역할을 하는 훌륭한 무기를 또 하나 갖는 셈이다. 진지한 토의를 기대한다.

이었다. 2008년 9월에 제출된 법안은 주목은커녕 존재조차 제대로 알려지지 않았다.

2009년 9월, 어느 TV 시사프로그램을 통해 끔찍한 아동 성범죄 사건이 알려지게 됐다. 그 유명한 조두순 사건이었다. 그 동안 캐비닛에서 잠자고 있던 화학적 거세법이 다시 세간의 관심을 받기 시작했다. 하루에 요청받는 인터뷰만 해도 열 건이 넘는 적도 있었다. 다른 의원들도 대책과 법안을 내놓기 시작했다. 포퓰리즘 입법을 경계하는 목소리도 있었다. 이미 1년 전에 제출한 화학적 거세 법안마저 사건 발생 직후 급조해서 내놓은 법안으로 보는 웃지못할 일도 있었다.

관심을 이끌어 내는 것에는 성공했다. 하지만 원래 생각했던 문제들이 기다리고 있었다. 특히 이름이 주는 거부감과 부작용에 대한 우려와 인권 문제 등 때문에 개인적으로 찬성은 할지언정, 누구도 적극적으로 돕지는 못했다.

그 해 10월, 당 차원의 아동 성범죄 대책 특별위원회가 구성되었다. 그 특위를 통해 내가 내놓은 3P 플랜, 즉 예방(Prevention), 처벌(Punishment), 보호(Protection)를 종합대책으로 하여 화학적 거세법을 포함한 관련된 법들을 제정 또는 개정하기로 했다.

하지만 눈앞의 정치현안들에 밀려 논의는 자꾸 뒷전으로 밀려났다. 펄펄 끓어오르던 냄비가 차갑게 식는다고 해야 하나? 어느 순간 잊혀져가는 느낌이었다.

논의에 불을 다시 지핀 것은 아쉽게도 또 하나의 처참한 사건이었다. 바로 부산에서 여중생을 성폭행하고 살해한 김길태 사건이다.

김길태 사건을 계기로 아동 성폭력 대책에 관한 활발한 논의는 다시 이뤄졌다. 하지만 화학적 거세법에 대한 논의는 인권 침해와 효과성 등에 대한 논란에 발목을 잡혔다.

"대체 얼마나 많은 아이들의 희생이 있어야 이 법을 통과시킬 수 있는 건가."라는 울분 섞인 마음마저 들었다. 그러던 2010년 6월, 여덟 살 초등학생을 납치해 잔혹하게 성폭행한 사건이 다시 발생했다. 여론은 뜨거웠다. 연일 말만 무성하고 구체적인 대안을 내놓지 못한 정부와 국회에 대한 비난이 고조됐다. 6월 30일, 드디어 화학적 거세법이 국회를 통과했다. 아쉬움도 남았다. 보조적인 보완 수단들에 대한 논의가 거의 생략되었다는 점 그리고 아동 성폭력범에 대한 치료와 관리를 통한 예방적 수단이라는 점보다는 처벌에 중점을 더 두었다는 점 때문이었다.

화학적 거세법이 만들어지고, 또 최초의 시행을 거쳤음에도 불구하고, 필요한가에 대한 논쟁부터 인권 침해 논란까지 여전하다. 또한 위헌법률심판이 제청된 상태이다. 옳고 그름의 판단은 아마 헌법재판소, 나아가 국민들의 몫일 것이다. 나는 다만 여전히 그것이 우리의 아이들을 지키는 유용한 수단이 되어 줄 것이라는 점을 믿어 의심치 않는다.

화학적 거세법이 피해 예방과 처벌에 관한 것이었다면 '범죄피해자 보호기금법'은 보호에 관한 노력이었다. 내 정치이력에서 항상 빼놓지

부산일보

2010년 03월 09일 화요일 006면 사회

■ '자성의 편지' 보낸 박민식 한나라 국회의원

"정쟁 매몰 아이들 미래 외면 부끄러워"

지난해 '아동 성폭력범 예방 및 치료법'(일명 화학적 거세법안)을 대표발의한 한나라당 박민식(부산 북·강서갑) 의원이 9일 피해자인 고(故) 이모 양에게 자성의 공개편지(전문은 본보 홈페이지 게재)를 보내며 고개를 숙였다.

박 의원은 "정치권이 정쟁에만 매몰돼 있다보니 너희를 보호하는데 꼭 필요한 법안은 뒷전이었다"며 "국회의원 한 명, 한 명이 내 아이의 안전이 경각에 달려 있고, 누구나 잠재적 피해자라는 절박한 심정을 갖고 있었다면 과연 이런 일이 일어났을까 후회한다"고 심경을 피력했다.

박 의원은 "정치인들이 몸싸움하고 아이들의 미래를 외면할때 수많은 '제2의 조두순'들이 거리를 활보하고 있었다"며 "정부도 어린 아이들의 보호와 안전을 돈(재정)의 문제로 보지 않고, 정말 지켜야 할 우리의 미래라고 생각하고 대비해야 했다"고 지적했다.

또 "범죄자의 인권에 관심을 기울이는 것은 마땅하지만 그것을 지나치게 과장한 나머지 또다른 피해를 예방할 수 있는 장치마저도 막은 것 아니냐는 섣부른 몽니도 마음속에 부려본다"며 '아동 성범죄에 관용이 있어서는 안된다'는 입장을 재차 강조했다.

그는 "빈소에 국화 한 송이 가져다 놓는 일 밖에 할 게 없는 국회의원이라는 게 부끄러울 따름이다. 지켜주지 못해 미안하다"고 끝을 맺었다.

박 의원은 이날 본보와의 통화에서 "사건이 일어난 뒤에야 자성하는 모습을 보인 것이 정치인으로서 쇼를 하는 것으로 비쳐질지 두렵지만 아이들의 안전과 미래를 위해 정치권 누군가는 진심으로 반성해야 하기 때문에 편지를 쓰게 됐다"고 말했다.

박석호 기자 psh21@

않고 단골처럼 따라다니는 것, 그리고 주어지는 역할이 인권과 관련된 것이다. 흔히들 그렇기 때문에 내가 화학적 거세법이나 사형제 찬성 등을 이야기하면 이상한 눈으로 쳐다보는 사람들이 더러 있다. 왜 그럴까? 이유는 간단히 우리나라에서는 가해자에 대한 수사·재판·형 집행에서의 인권은 늘 중요시 여겨지고 개선되어 왔지만, 피해자에 대한 인권은 등안시해 왔기 때문이다. 좀더 단순하게 말하면, 죄 지은 자에게 벌을 줄 때도 인간으로서 존중해야 한다는 생각은 있어도 피해자들은 모두 본인이 재수가 없어서 그런 걸 어쩌라는 식인 것이다.

가해자는 두 다리를 쭉 뻗고 자는데, 피해자는 사람들의 시선을 피해 아픈 상처를 가슴 속에만 품고 사는 그런 모습을 검사 시절 자주

목격해 왔던 나로서는 도저히 용납할 수 없는 일이었다. 불합리함을 바로 잡겠다는 생각은 늘 내 머릿속에 있었고, 그것이 내가 "피해자를 위하여 울어라"를 입만 열면 주장하는 이유이다. 즉, 나는 보편적 인권보다는 피해자 인권에 더 집중하는 피해자 인권주의자인 셈이다.

범죄피해자보호기금법은 국가가 지켜 주지 못한 국민에 대한 최소한의 보상이고, 현실적인 보호였다. 하지만 그 취지에도 불구하고 법 제정은 쉽지 않았다. 화학적 거세법과 달리 가치와 인권의 문제가 아니었다. 핵심은 돈이었다. 기금 조성에 대해 예산 당국이 부정적인 입장을 표하고 나선 것이다. 기금이라는 것이 예산 당국의 직접적인 통제에서 벗어난다는 점, 예산을 담는 커다란 상자에 새로운 칸막이가 생겨 효율적인 운용이 어렵다는 점이 이유였다. 이해할 수 없는 일이었다. 너나 할 것 없이 인권을 최우선 가치로 말하다가, 정작 뒤에서는 계산기를 두드리고 있는 모습에 화가 날 수밖에 없었다.

그 무렵 일어난 김길태 사건에 대해 당시 정부가 유가족에게 지급할 수 있는 금액은 3,000만 원가량에 불과했다. 조두순 사건의 피해 아동의 상황은 그보다 더 열악했다. 평생 장애를 안고 살아야 하는 아이에게 지급된 돈은 응급진료비 300만 원, 후에 정부로부터 지원받더라도 그 금액은 최대 1,000만 원에 불과했다. 사람 목숨을 값으로 따질 수 없다고는 하지만, 정말 터무니없는 금액이었다.

그에 반해, 법을 만들면서 조사한 자료에 따르면 범죄자 1인당 연간 지원 금액은 1,920만 원이었다. 교도소에 수용된 인원을 먹이고, 입히고, 관리하는 데 들어가는 예산이었다. 결국 죄 지은 사람은 국가에서 편히 돌봐 주는 동안, 피해자들과 그 가족들은 국가로부터 푼돈 받고, 대신 평생 지우지 못할 상처와 불안감에 신음하며 밤잠을 설쳐야 했던

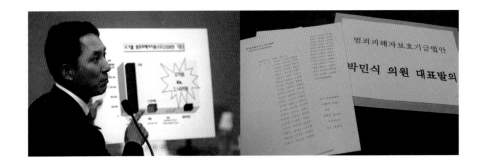

것이 바로 대한민국 피해자 인권의 현주소였다.

비록 그 과정이 순탄치 못했지만, 결국 여야 의원 101명이 동참한 이 법안은, 본회의에서 재석 202인 중 찬성 186인이라는 압도적인 찬성을 얻어냈고, 시행에 이르렀다.

범죄피해자보호기금의 재원은 벌과금, 즉 법을 어기고 죄를 지은 사람들의 주머니로부터 나온다. 그렇기 때문에 이는 선량한 국민들이 희생한 대가라고 해도 무리가 아니다.

사람들이 모여 사는 세상에서 범죄를 완전히 몰아낸다는 것, 그것은 유토피아에서나 가능한 일이다. 하지만 지켜 주지 못했을지언정 국가와 사회가 보살피고, 상처를 함께 어루만져 준다면 피해자와 그 가족들이 어두운 방 한구석에서 밝은 햇빛 아래로 다시 나올 수 있다고 믿는다. 아니, 최소한 누군가 그들과 함께 울어 주기만 하더라도, 상처받은 세상에서 외로움에 떨 일은 없을 것이다.

사실 법을 만들고 통과시켰으며 기금이 쌓이고 있지만 아직 많이 부족하기만 하다. 그런 이유에서 지난 해 사재 1,000만 원을 기금에 내놓은 바 있다. 굳이 이 사실을 털어놓는 이유는 더 많은 사람의 참여를 부탁하기 위함이다. 사실 정부기금에 사재를 내놓는 경우가 거의 없었다고 한다. 나 또한 익숙하지 않은 일이었기 때문에 일반 국민들도 생소한 것이 당연할 것이다. 사실 이 때문에 검토 과정 또한 상당히 오래 걸렸다. 많은 분들의 정성이 필요한 때이다. 살고자 하는 사람을 돕는 것 못지 않게, 자칫 삶의 의지를 잃을 수 있는 사람에 대한 돌봄이 필요할 것이다.

소신을 세웠고, 꾸준한 노력과 국민적인 관심을 바탕으로 소위 '성공적인' 성과를 이뤄냈음에도 불구하고, 마음 한편이 허한 기분이다. 돌이켜 보건대, 그건 더 많은 성과를 이루지 못했다기보다는 그런 결과물들이 결국 피해자의 희생과 눈물을 딛고 세운 것이기 때문이다. 나아가 법이라는 제도와 정책이 서 있음에도 불구하고 일어나지 말아야 할 가슴 아픈 일들이 여전히 우리 주위에 일어나고 있고, 또 다른 절망이 지금 이 순간에도 이어지고 있기 때문이다.

박민식 의원이 정부기금에 1000만원 기부 사연은

자신이 법안 발의한 '범죄피해자보호기금'에 1000만 원 기탁…범죄 피해자에 대한 관심 독려

머니투데이 진상현 기자 | 입력: 2013.09.18 09:13

▼ 기사   소셜댓글(0)   Tweet   좋아요 1   가 가

정부 예산으로 운영되는 기금에 기부금을 낸 정치인이 있다. 주인공은 새누리당 재선인 박민식(부산 북구 강서구갑) 의원. 그는 왜 정부 예산으로 굴러가는 기금에 굳이 성금을 냈을까.

박 의원이 법무부가 관리하는 '범죄피해자보호기금'에 1000만 원의 성금을 낸 것은 지난 5일. 2011년 이 기금이 설치된 이래 민간인의 기부가 이뤄지기는 이번이 처음이다. 기금은 범죄피해자 보호·지원 사업의 확대 및 활성화를 위해 신설돼, 형사소송법상 집행되는 벌금수납액의 4%를 주된 재원으로 하고 있다. 이 달 현재 기금 총액은 684억원이다.

박 의원이 1000만 원이란 적지 않은 돈을 쾌척하게 된 데는 이 기금과의 남다른 인연이 작용했다. 바로 자신이 지난 2009년 10월 대표발의해 국회를 통과한 '범죄피해자보호기금법안'에 따라 이 기금이 설치됐기 때문.

박 의원이 범죄피해자의 인권에 대해 관심을 갖게 된 것은 검사 재직시절 때다. 범죄 피해자에 대한 사회의 배려가 범죄자에 대한 지원 보다 못하다는 점이 아무리도 불합리했다. 세월이 흘러 국회의원이 돼 정치를 시작했지만 이런 현실은 바뀌지 않고 있었다. 법안 발의 당시에도 범죄자를 위해서 연간 2000억원이 넘는 예산이 지원되고 있었지만 범죄피해자를 위한 예산은 약 40억 원이 되지 않는 실정이었다.

실제로 범죄자는 검거 직후 국가의 법률서비스를 받을 수 있고(국선 변호), 유죄가 확정되어 교도소에서 수형 중에도 여러 서비스를 받을 수 있지만 범죄피해자의 경우에는 국선변호는 커녕 수사와 재판과정에서 프라이버시 침해 등 2차 피해에 고스란히 노출된다. 또 심리적 공황상태에서도 재산상 피해를 보전하기 위해 피해자 스스로 가해자를 상대로 민사소송을 제기해야 했다.

법안 통과는 쉽지 않았다. 정부 재정이 갈수록 빠듯해져 기존 기금을 운영하기도 벅찬데 새로운 기금을 만드는 법안을 반길 리 없었다. 당장 예산을 책임진 기획재정부가 반대하고 나섰다. 다행히 여론이 큰 힘이 됐다. 당시 세상을 경악케 한 '조두순 사건'의 어린 피해자가 정부로부터 지원받은 것이 고작 6000여만 원에 불과하다는 사실이 알려지면서 범죄피해자에 대한 지원이 강화돼야한다는 여론이 모아졌다.

박 의원은 기금이 가동에 들어간 이후에도 기금 규모가 여전히 부족하다고 생각해 주변 사람들에게 관심과 기부를 독려해왔다. 지난해 말에는 기금의 재원을 벌금수납액의 4%에서 10%로 높이는 법안도 발의했다. 그러다 정작 자신은 기부를 하지 않았다는 생각이 들었고 적지 않은 금액을 이번에 기부하게 된 것이다.

박 의원은 기부를 하면서 '범죄피해자 치료 및 자립지원' 사업 중 '치료비' 항목으로 지정기탁했다. 상대적으로 지원이 시급하다고 생각하기 때문이다.

박 의원실 관계자는 "기금을 법무부만 사용하는 것이 아니라 복지부 등 다른 부처들도 여러 용도로 사용하고 있어 상대적으로 더 시급한 범죄 피해자 치료 및 자립 지원에 쓰이는 재원이 적다"면서 "이번 기부가 범죄피해자에 대한 관심을 높이고 범죄피해자를 위한 '나눔과 베풂의 문화'가 확산되는데 조금이라도 기여했으면 한다"고 말했다.

피해자를 위하여 울어라 II

담대한 고백, 사형은 필요하다

"새는 좌우의 날개로 난다. 한 면만 보고 쉽게 판단해서는
안 된다. 중용의 길을 가라."

정치인에게 어쩌면 덕목과도 같은 말일지 모른다. 특히 가치가 충
돌하는 민감한 문제에 대해 함부로 말했다가 낭패를 보는 경우를 왕왕
보기 때문에 정치인은 한 곳만 보고 정치를 해서는 안 된다. 사실 옳은
말이다. 특히 민감한 가치 판단이나 현안에 대해서는 차라리 침묵하는
편이 낫다는 것은 이미 선거 국면에서 많이 목격한 바 있을 것이다.

그럼에도 불구하고 나는 "우리나라는 사형제를 채택한 나라인 만큼
사형은 반드시 집행되어야 한다."고 과감히 말한다. 사형제 존폐에 대
한 논란은 우리 사회에서 지속되어 온 큰 이슈 중 하나이다. 사형제가
'시대착오적이고 인권을 무시한 결정'이라는 일부 종교 단체와 시민 단
체의 반발에 대해 헌법재판소가 '범죄 예방을 통한 국민의 생명 보호,
정의 실현 및 사회 방위를 위한 공익이 극악한 범죄를 저지른 자의 생

명권 박탈이라는 사익보다 결코 작다고 할 수 없다'는 결과를 내놓았기 때문만은 아니다. 일반 국민들의 대다수는 사형제가 유지되어야 한다고 생각한다.

실제 2012년 9월 실시된 사형제 존폐에 관한 여론 조사 결과를 보면, 사형제 존치 의견이 69.6%로 국민 10명 중 7명이 사형제가 존치되어야 한다는 입장인 반면, 사형제 폐지는 21.5%에 머무른다. 사회적 존재인 인간이 자유롭고 평화로운 공동생활을 함께 하기 위해 자신의 자유와 권리를 스스로 유보하고 위임한 것이 국가와 법규범이다. 상반되고 대립하는 여러 가치 중 어느 것을 앞세울 것이냐는 문제에 대해 영원하고 보편타당한 진리는 없다. 다만 우리 사회가 옳다고 믿는 가치에 대해 정작 그것을 집행해야 하는 국가가 누군가의 눈치를 보는 그런 일은 옳지 않다. 국민들이 자신들의 자유와 권리를 양보해 가면서까지 위임해 준 공권력을 국가와 그 집행기관이 자의적이고 편법적으로 해석하는 것은 직무유기가 아닐 수 없다.

사형제 존치 의견에 대한 여론 조사 결과는 점차 찬성의 의견이 증가하고 있다고 한다. 이러한 결과는 결코 집행되지 않는 사형선고, 사실상의 사형제 폐지국가로 분류되는 현재의 상황이야말로 잔혹한 범죄를 잇따르게 했다는 국민들의 질책과 분노라고 본다.

한 마리의 늑대를 교화시키는 것보다 더 절실한 것은 100마리 선한 양의 생명과 신체의 안전을 지키는 것이 아닐까. 사형을 선고하고 집행함에 있어, 단 한 명의 억울한 사람이 생기지 않도록 심사숙고하는 과정은 당연지사다. 하지만 이제는 범죄로 인해 운명을 달리한 자식을 가슴에 묻고 평생 아픈 마음으로 살아야 하는 부모의 마음을 헤아려 봐야 할 때다. 정부가 자기 자식을 죽인 살인자의 생명을 보호하고 위하는 현실을 보면서 어떤 참담한 생각을 가지게 될지에 대한 물음에 답할 때다. 이것이 바로 내가 사형제가 우리나라에 법률상 존재하는 한 사형은 집행되어야 한다고 믿는 이유이며, 또한 엄정한 법집행이 이뤄져야 한다고 믿는 근거이다.

피해자를 위하여 울어라Ⅲ

저축은행 사태와 동양 사태
그리고 금융소비자 보호

———

　　18대 국회에서 국민의 신체와 생명을 지키는 일 그리고 미처 보호받지 못한 사람들이 국가로부터 보상받을 수 있는 문제에 대해 관심을 갖고 개선의 노력을 다했다면 19대 국회에서는 과연 국민의 재산은 어떻게 지키고, 선의의 피해를 보상해 줄 것인가에 맞춰왔다.

　　대선이 끝나자마자 정부는 대통령의 공약이었던 국민 행복기금을 내놓았다. 시중에서는 무임승차 문제 등의 우려 섞인 목소리가 많았지만, 빚더미에 신음하는 서민들이 재기할 수 있는 기회를 만들어 주리라 믿는다. 하지만 머릿속에는 '돈을 빌렸다가 못 갚은 사람과 돈을 예금했다가 은행이 망해서 떼인 사람 중 국가가 누굴 더 도와줘야 하는 것인가'에 대한 의문이 사라지지 않았다. 바로 저축은행 피해자들의 이야기다. 그런 고민이 한창일 때, 부산 저축은행 사태 비상대책위원장인 김옥주 회장과 허심탄회하게 고민을 나눈 적이 있다.

부산 저축은행 사태 비상대책위원장인 김옥주 회장과
허심탄회하게 많은 고민을 나누었다.

박민식(이하 박) 이미 언론에 많이 보도되기는 했지만, 부산 저축은행 사태의 전후 사정에 대해서 다시 한번 더 설명해 준다면?

김옥주 위원장(이하 김) 부산 저축은행은 영업정지 이전부터 이미 많은 문제를 안고 있었다. 2004년 2월, 상호저축법 위반으로 벌금 1,000만 원, 2004년 10월 증권거래법 위반으로 3,000만 원 벌금형으로 주주자격이 박탈되었으나, 특례법을 고쳐 주주자격을 다시 부여한 바 있다. 2008년 영남 알프스 사건 때 울산지검에서 영업정지될 만큼 심각한 상황으로 선의의 피해자가 생길 수 있으니, 문제가 있는 사업에 투자한 것에 대한 금감원 감사를 권고하였으나, 관계 당국은 시행하지 않은 것으로 알고 있다. 이후 문제가 많았음에도 시행령까지 개정해 대전 저축은행을 인수가능하게 되었는데, 설상가상인 셈이다. 결국 이런 부실의 누적이 쌓이고 쌓여 결국 무너지는 과정에서 수많은 선량한 피해자를 양산하게 하는 시발점이 되었다고 볼 수 있다. 덧붙이자면, 2009년 감사원 감사 때 이미 부산 저축은행은 영업정지를 해야 할 만큼 심각한 상황이었다. 저축은행의 설립 취지에 맞도록 금융전문가들이 서민금융을 잘 관리 감독하지 못하고 부실을 눈감아 주면서 오늘날과 같은 전국적인 저축은행 붕괴라는 대참사와 그에 따른 수많은 서민피해자를 양산한 것이다. 결국 정부의 관리 감독 실패로 인한 책임이 가장 크다고 할 수 있다.

박 사전에 낌새라고 할까, 은행에 어떤 문제가 생기겠구나, 느끼지 못했나? 일부 사람들에 의한 사전 인출도 있었는데?

김 전혀 알 수 없었다. 부산 저축은행 같은 경우 부산에서 오랫동안 영업을 해 왔다. 여러 곳의 지점도 운영하고 있었고 TV로 광고도 내보낼 정도였다. 지역 행사들도 많이 지원했다. 최소한 지역에서는 다른 어느 저축은행보다 우량하고 전국 1등이라고 정평이 나 있던 곳이다. 따라서 작은 저축은행이면 모를까, 부산 저축은행만큼은 튼튼한 줄만 알고 있었다. 사전 인출은 언론을 통해 알게 되었는데, 은행 관계자 등과 연고가 있거나, 특수 관계에 있는 사람들만 사전에 이렇게 특혜를 받고 인출한 사실을 알게 되었을 때, 정말 허탈하고 분개하지 않을 수 없었다.

박 그렇다면 일이 벌어진 것을 언제 처음 알게 되었나?

김 한밤중에 TV 자막을 보고 알게 되었다. 너무 놀라서 바로 거래 지점으로 가 보니, 당연히 셔터가 내려져 있었다. 혹시나 하는 마음에 다른 지점으로 가 보니 거기는 문이 열려 있었고, 예금자들이 돈을 인출하기 위해 인산인해를 이루고 있는 상황이었다. 너무 많은 사람들이 몰리다 보니 은행 관계자들이 직접 번호표를 나눠 줄 정도였다. 지점장에게 어떻게 된 일인지를 물으니, 우리는 튼튼한데 왜 영업정지를 했는지 모른다고 했다.

박 개인적으로 부산 저축은행과 얼마나 거래했나? 다른 사람들의 상황은?

김 개인적으로 6년 정도 거래를 했다. 다른 피해자들도 부산 저축은행이 부산 에서 오랜 기간 영업을 하다 보니, 일반 은행과 비슷하게 생각했는지 장기 거래 고객이 많았다. 인근에 지점도 여러 곳 있다는 점 또한 그렇게 장기 거 래를 하게 된 이유였다.

박 처음 부산 저축은행에 돈을 맡기게 된 계기는 뭔가?

김 시중 은행과 똑같이 정부에서 관리 감독하는 은행이어서 별 다른 고민 없이 거래하게 되었다. 시중 은행과의 이자 차이 때문에 맡긴 게 아니냐고 묻는 분들이 계시는데, 시중 은행과의 금리 차이는 0.1% 정도였다. 채권은 그 당 시 일반 은행에서도 7~8%에 판매했다.

박 부산 저축은행 사태 이후 다른 저축은행 사태들이 줄을 이었다. 전국적인 규모를 혹시 파악하고 있는지?

김 2011년 영업정지 된 부산 저축은행 등 16개 영업정지 저축은행의 피해자는 약 74,000여 명에 이르는 걸로 알려졌다. 금액으로는 무려 2조 6,000억 원을 상회한다. 피해자 중 5,000만 원 초과 예금자는 63,000여 명에 금액은 2조 2 천억 원가량이다. 후순위 채권 투자자는 총 11,000여 명에 금액은 3,800억 원가량 되는 것으로 알고 있다.

박 그 동안 비대위원장으로서 관련된 이야기들을 많이 들으셨을 텐데, 연이은 저축은행 사태의 원인은 무엇이라고 생각하는가?

김 2001년 상호신용금고에서 상호저축은행으로 명칭이 변경됐다. 저축은행은 군이 분류하자면 본디 서민금융 쪽으로 특화된 것으로 알고 있는데, 사업 영역을 확장하기 위해 원래의 목적보다 부동산 PF 대출 등에 주력했다. 정부는 BIS 비율이 8% 이상이면서 고정이하 여신비율이 8% 미만인 저축은행들을 우량하다고 규정하고, 이런 우량한 저축은행들, 이른바 8.8클럽에 대한 신용공여 한도를 2006년에 완화해 주었다. 그리고 2008년에는 자율적인 M&A 인센티브 제도도 도입하는 등 여러 제도를 통해 저축은행이 사업을 확장할 수 있도록 지원해 주었다. 그러던 2008년 전 세계적인 금융위기가 일어나면서 부동산 경기가 침체됨에 따라 근본적인 부실로 드러나기 시작했다. 개인적으로 여러 가지 사실들을 종합해 볼 때, 저축은행 부실화의 원인은 외부 환경 변화에 대한 미흡한 대응, 대주주 및 경영자들의 도덕적 해이로 인한 저축은행의 사금융화에 있다고 본다. 하지만 그보다 더 큰 책임은 금융당국의 부실감독이라고 할 수 있다.

박 저축은행 사태 이후 피해자들을 대표해 발 벗고 나서서 뛰고 있는 것으로 알고 있다. 성과는?

김 부산 저축은행 영업정지 이후 2011년 2월 23일 동부경찰서에 금감위원장의 '저축은행 영업정지 없다' 언론 발표와 관련된 고발로 시작해서 지금까지 싸우고 있다. 금감원과 금융위의 감독 부재는 이미 다 드러났지만 그 누구도 반성이 없고, 어떤 노력도 없으며, 또한 책임지는 사람 하나 없는 게 지금의 현실이다. 서민을 위한 법은 존재하지 않는다는 느낌이다. 높은 사람들이 저축은행으로부터 로비를 받아 부실을 눈감아 주면서 저축은행 부실은 더욱 커졌고, 이 과정에서 더 많은 피해자가 발생하게 된 것이다. 특히 금융위원장의 '영업정지가 없다'는 말 때문에 많은 피해자가 발생하게 된 것인데, 한 나라의 금융 수장이자 금융 전문가로서 누구보다 저축은행의 심각한 사태를 잘 알 텐데 서민을 기만하고 모든 책임을 전가하려고 한 것이다. 국회에서 청문회도 하고, 여야가 피해자 구제에 대한 특별법까지 합의를 다 해놓고, 지역주의라는 색깔론을 이겨내지 못한 것으로 보고 국회의원들도 소신과 의지가 부족한 것처럼 보여, 우리 피해자들은 실망감을 느끼지 않을 수 없다. 2년이 지나 만 3년째 싸움을 계속해 오고 있지만 정부의 잘못이 명백하기 때문에 반드시 해결책이 있으리라는 기대를 가지고 있다.

박 피해자들이 '투자자인가, 피해자인가' 하는 논란이 있다. 이유인 즉, "왜 안전한 제1금융권에 돈을 맡기지 않았느냐? 후순위 채권 같은 것에 왜 투자했느냐? 본인이 높은 수익을 기대하고 결정한 일이니 피해가 아닌 손실이다." 이런 주장인데?

김 정부에서 관리 감독하는 은행이고, 또한 부산 저축은행은 전국에서도 1등 은행이라고 광고도 했다. BIS도 8% 이상으로 우량하다고 광고를 하고 있는데 누가 믿지를 않겠는가. 책임이 국민을 상대로 기만하고 있는 문제 많은 부실은행을 바로 잡아야 하는 금감원이나 금융위에 있는 것이지 피해자가 예금을 했다, 후순위 채권을 샀다는 것에 있는 것은 아니지 않나.

박 당연히 피해자라는 이야기인데, 구체적인 이유는?

김 금융권에서는 5,000만 원 이상은 예금자보호법 때문에 보호가 안 된다고 하고, 채권은 투자여서 안 된다고 하지만, 대한민국 금융권이 정상적인 정책을 펴고, 제대로 된 감독만 했다면 피해자들도 이 부분을 받아들일 것이다. 하지만 정관계 로비로 얼룩져 있다는 것을 뻔히 알고 있는데, 어떻게 받아들일 수가 있는가. 자신의 역할을 제대로 하지 않은 채, 모든 책임을 떠넘기고 있는 것이다. 게다가 영업정지는 없다는 말로 피해자들을 우롱한 것은 어떤가?

박 그래도 사태 이후 여러 가지 조치들이 취해졌고, 대책들도 나왔다.

김 불만족스럽다. 왜냐하면 금감원의 조정위원회에서 채권자들에게 42%를 보상해 주겠다고 신문에 공시를 했는데, 이 42%를 계산해 보면 실질적으로는 5% 정도밖에는 보상이 안 되는 것이다. 이 또한 금감원에서 피해자들을 우롱하는 처사다. 덧붙여 저축은행 피해자를 위해 저축은행 자산을 공매하는 과정에서 제 값을 받도록 챙기겠다고 하지만 이 또한 지켜지지 않고 있다. 예를 들어 예금보험공사의 저축은행 자산 매각 과정에서 인천의 아파트 재개발사업은 허가가 나도록 되어 있음에도 불구하고, 회계사들은 허가가 아직 나지 않았다는 이유로 저평가해 버렸다. 이처럼 좋은 자산들은 모두 헐값으로 매각되고 있다.

박 물론 만족스럽지 못하기 때문에 현재까지도 뛰고 있는 건데, 우선 조치들, 예를 들어 수사를 통해 부실에 책임이 있는 저축은행 관계자를 잡아들이고, 숨겨놓은 자산들을 찾아내고, 또 왜 이런 사태가 발생했는지도 조사했는데, 그 과정과 결과물들에 대해 어떻게 평가하고 있는지?

김 불만족스러운 부분은 많지만, 검찰의 수사과정에서 많은 사실들이 밝혀지면서 그나마 억울함은 다소 풀어졌다. 처음 영업정지 당시는 우리 피해자들이 거리집회를 하게 되면 지나가는 일반 시민들이 '돈이 많아서 피해 본 것 아니냐'는 차가운 시선이었고, '국민 세금으로 해결하려고 한다'며 야유를 보냈다. 하지만 검찰의 수사가 진행되면서 정관계 로비 등의 여러 사실들이 밝혀지면서 지금은 우리의 억울함에 많이 공감해 주고 있다. 또한 국정조사와 국정감사에서도 저축은행과 관련된 정부의 정책 실패, 감독 실패가 지적되면서 다소 억울함이 풀렸다. 다만 아쉬운 부분은 많은 수인 24개 은행 등이 영업정지를 당하다 보니, 검찰의 원활한 수사가 제대로 이뤄졌느냐 하는 부분에 아쉬움이 있다. 또한 해결책을 찾아가는 방법에 있어서도 아쉬움이 남는다.

박 지나긴 했지만, 18대 국회에서 특별법도 만들었는데, 포퓰리즘이라는 비판에 부딪혀 통과가 안됐다.

김 18대 국회에서 특별법을 만들 당시는 저축은행 사태가 발생한 초기였다. 검찰의 수사결과도 발표되지 않은 상태여서 단순히 예금자보호법만 법적으로 따지다 보니 일부에서 포퓰리즘이라는 말이 나올 수밖에 없었다고 본다. 검찰 수사가 진행되어 정관계 로비 등 여러 가지 문제의 사실들이 밝혀진 지금, 만일 당시의 특별법을 논의했다면 반드시 통과되지 않았을까 하는 생각이 든다. 따라서 특별법 논의가 조금 빠르지 않았나 하는 아쉬움이 있다. 당시는 부산 저축은행만으로 초점이 맞춰져 있어 부산을 제외한 다른 지역 의원들은 상대적으로 무관심할 수밖에 없어 특별법 무산이 초래되지 않았나 본다. 이는 결론적으로 정치인들이 법으로만 해결하려고 했지 피해자들의 억울한 마음을 제대로 헤아려 주지 못했기 때문이다. 소신을 가지고, 마음 속에서 우러나온 서민정치를 하는 분들이 많이 없는 게 아쉽다.

박 박근혜 정부가 출범하면서 국민 행복기금이라는 게 만들어졌다. 빚에 시달리는 서민들 대다수에게는 희소식이다. 저축은행 피해자들 입장에서는 어떻게 받아들이는지?

김 국민 행복기금을 만든다는 기사를 접하자마자, 머리에 폭탄을 맞은 기분이었다. 사업을 한다고 돈을 빌려 쓴 후, 열심히 빚을 갚는 사람이 대부분일 것이다. 하지만 개중에는 대출을 받아 본인이 흥청망청 쓰고 갚지 않는 사람도 있다. 그런데 이를 정부에서 갚아 준다는 것은 저축은행 사태와 비교해 볼 때 형평성에 맞지 않는다. 정책 실패, 감독 실패가 명백한 저축은행 사태에 대해서는 책임지지 않으면서, 어떻든 자신의 책임으로 돈을 갚을 것을 국가가 대신 갚아 준다는 건 말이 되지 않는다. 경제 전문가와 법률 전문가들이 말하는 형평성의 잣대로 이게 공평한 건지 묻지 않을 수 없다.

박 동감하는 내용을 금융위원장 인사청문회 때 지적한 바 있다. "돈을 빌렸다가 못 갚은 사람과 돈을 예금했다가 은행이 망해서 돈을 떼인 사람 중 국가가 누굴 더 도와줘야 하느냐?"는 것인데, 정답이 대한민국에서는 제대로 실현되고 있지 않는 것 같다.

김 가진 자들의 잣대로 모든 세상을 보기 때문이다. 우리 저축은행 피해자들도 대한민국 국민이 맞는지 묻고 싶다.

박 대담을 마무리할 시간이다. 앞으로의 계획, 그리고 마지막으로 하고 싶은 말이 있다면?

김 특별법 통과를 위해 노상에서 자면서까지 열심히 노력했지만, 결국 통과가 안 된다고 결론이 났다. 그 소리를 듣자마자 그때까지 열심히 하시던 분 중 한 분이 그 자리에서 쓰러져 병원에 입원한 지 이틀 만에 돌아가셨다. 돌아가시고 집에 가보니, 살림도 제대로 못할 정도의 편찮은 아주머니가 집을 지키고 계시는 모습을 보고 정말 가슴이 메였다. 개인적으로도 사람들을 대표하는 위원장이라고 하지만 처음에는 국회의원들조차 대화 같은 것도 안 해 줬다. 사람인지라 마음도 다치고, 자존심도 상했다. 거리에 나갔을 때는 경찰들에게 폭도 취급을 당하면서 그 과정에서 다치기도 많이 다쳤다. 나야 그나마 젊어서 괜찮지만 연로하신 할아버지, 할머니들이 다치는 모습을 보고 있자니 죄송하기도 하고 한스럽기도 했다. 그래도 끝까지 할 수밖에 없었던 것은, 힘없는 할아버지 할머니들이 나 하나만 믿고 따라오는데 과연 내가 뒤로 물러날 수도 없는 그런 상황이었기 때문이다. 사람인지라 많은 생각을 했었다. 하지만 후회를 해 본 적은 없었다. 옳다고 믿었기 때문에 진짜 많은 끈기를 가지고 여기까지 왔다. 마지막으로 말하면, 우리 저축은행 피해자들도 같은 대한민국 국민이다. 이 땅에 사는 국민들 누구나가 정부로부터 억울한 일을 당할 수 있다. 이것을 남의 일이라고 생각하면 안 된다. 일어설 수 있고, 잘못이 바로 잡힐 수 있도록 도와주기를 바란다.

김옥주 회장과의 솔직한 이야기는 눈물로 마무리됐다. 그 동안 소위 깐깐하고 드센 여장부 이미지로 알려져 왔기 때문에 뜻밖이었다. 본인도 고생스럽고 마음 아팠던 적이 많았을 텐데, 비대위를 이끄느라 숨겨왔던 눈물이 지난 시간을 되짚는 가운데 터져버린 것 같다.

금융이 발전해 오면서 비단 저축은행 사태뿐만 아니라 다양한 금융소비자 피해는 날로 증가해 가고 있는 상태다. 그럼에도 불구하고, 금융소비자 보호와 피해자 구제를 위한 대책을 마련해 가는 데 정부는 여전히 소극적인 입장을 취하고 있다.

금융당국의 주요 임무 중 하나는 '예금자 및 투자자 등의 금융 수요자 보호'이다. 2002년부터 2012년까지 10년 동안 우리나라 가계 금융자산 중 현금과 예금은 10%p 감소한 반면, 주식 채권과 같은 금융투자 상품을 편입하는 보험·연금 비중이 각각 5.6%p, 5.1%p 증가했고, 앞으로는 이와 같은 비중이 더 커질 전망이다. 금융상품에 투자만 늘어나는 것이 아니라 상품도 다양해지고 있는데, 그런 다양한 상품이 출시될수록 금융시장 또한 점점 복잡해져 가고 있다. 그리고 그런 복잡한 상품들 대부분은 여러 가지 위험을 담보로 재구성되어 만들어지

2012.11.19

저축은행 사태는 경영진의 도덕적 해이와
금융당국의 부실한 정책과 감독 때문이라고 정무위에서
관계당국을 호되게 질책하고 정책적 보완을 요구했다.

고 있다. 사실상 소비자들이 그런 위험들을 제대로 알지 못한 채 투자를 할 수밖에 없는 상황이 점점 더 심화되어 가는 것인데, 문제는 그럼에도 불구하고 금융회사의 부실, 상품의 위험도 등을 제대로 알지 못해 발생하는 손실에 대해서 금융소비자들이 제대로 보호받지 못하고 있다는 것이다.

현실만 보더라도 현재는 금융회사의 경영 실패로 인한 부실 및 파산에 대비한 대책은 마련되어 있으나, 금융회사의 위법, 위규 행위로 인한 손해를 배상하는 제도 혹은 기금 등은 제대로 마련되어 있지 않다. 이에 최근 예금뿐만 아니라 투자 상품에 대해서도 금융회사의 부실이나 위법, 부당 행위로 인한 투자자 손실을 보상하기 위한 금융소비자보호기금을 도입하자는 주장이 제기되고 있다.

금융소비자는 금융회사의 과실로 인해 손실을 입은 경우 구속력을 가진 분쟁조정기구나 법적 소송을 통해 문제를 해결할 수 있다. 그러나 책임이 있는 금융회사가 파산상태인 경우 분쟁조정기구나 법적 소송의 실효성이 약화되며, 장기화될 경우 2중고를 겪을 수밖에 없다. 이와 같은 사각지대를 보완하기 위해 기금으로써 손실을 보상해 주자는 게 금융소비자보호기금의 개념인데, 영국은 부적절한 투자 조언, 설명의무 위반 등으로 인해 거래 상대방이 금전적 손실을 입는 경우까지 포함해 폭넓게 지원하고, 홍콩의 투자자보호기금은 증권회사의 청·파산 및 지급 불능, 임직원이나 관련자의 배임 등 불법행위로 인한 손실도 보호해 주고 있다.

저축은행 사건이 사람들의 머릿속에서 거의 잊혀진 2013년 가을, 우려했던 그대로의 사태가 발생했다.

바로 동양 사태다. 동양그룹 사태는 한 마디로 저축은행 사태의 재

방송이었다. 경영진의 도덕적 해이와 금융당국의 부실한 정책과 감독까지 그야말로 모든 것이 판박이였다. 저축은행 사태가 벌어지고, 많은 질책과 정책적 보완 요구가 있었지만 근본적인 금융소비자보호 대책은 세워지지 않았다.

뻔뻔스러운 불법적인 대출 권유 전화, 낯 뜨거운 스팸 메시지, 지능화되는 피싱 등의 금융 사기사건 등이 날로 늘어가는 것을 보면, 얼마 전 일어난 1억 건 가까운 카드사 고객의 개인정보 유출 적발 사건은 이미 예견된 재앙과도 같은 것이었다. 금융당국 입장에서는 수수방관했다는 질책을 면하기 힘들다. 부랴부랴 처벌과 보상, 향후 재발 방지 대책을 내놓고 있지만, 대부분 당장 눈앞의 급한 불을 끄기에 급급한 것들뿐이고, 정작 중요한 전문성 있는 금융 소비자 보호기구나 피해자 구제를 위한 보호기금 같은 것들은 여전히 빠져 있다.

대통령까지 직접 금융 소비자보호를 강조하고 나선 가운데, 이제는 정부와 금융당국의 인식의 전환이 필요하다. 더 이상 금융회사가 아닌 금융 소비자의 편에서 금융 산업을 바라볼 필요가 있다. 국가경제를 위해 금융 산업을 육성하고 보호하는 것도 중요하지만, 그보다 더 중요하게 지키고, 필요하다면 구해 줘야 하는 것이 바로 금융소비자, 즉 우리 국민이다. 국민이 있어야 국가와 국가 경제가 있다는 점을 명심해야 한다.

사족(蛇足)

사람만 바꾼다고 해결되지 않는다

━━━

저축은행 사태, 동양증권 사태, 개인정보 유출 사건 등과 같은 우리 사회를 떠들썩하게 한 일들이 일어날 때마다 늘 단골손님처럼 따르는 것이 사람부터 자르고 보는 것이다. 물론 잘못한 일에 대해 누군가에게 책임을 묻는 것은 당연하다. 하지만 결자해지(結者解之)라는 말이 있다. 책임을 지고 수습도 하기 전에 사람부터 바꾸고 보는 것, 그것은 근본적인 대책이 아닌 순간의 상황을 모면하기 위한 꼼수에 지나지 않는다.

다른 해도 그러했을까? 18대 하반기 지식경제위원회에 있을 무렵, 국민들을 불안케 한 사건 사고가 하필 국정감사 즈음에 유난히 많이 일어났다.

2010년 서울 행당동 CNG버스 폭발사고를 비롯해, 2011년에는 국정감사가 한창일 때 유사 석유 주유소 폭발사고가 두 차례나 발생했다. 하지만 무엇보다 큰 사건은 그 해 국정감사를 하루 앞두고 발생한

9·15 정전사고다.

9·15 정전사고는 전력 부족 상황을 벗어나기 위해, 한국전력거래소에서 예고도 없이 고의로 전국 각 지역의 전기를 돌아가면서 차단해 버린 사건이었다.

전력거래소 등 관계기관은 예상치 못한 이상고온으로 인해 전력량이 급증한 상태에서 도저히 어쩔 수 없는 상황이었다고 주장했다. 하지만 믿어지지 않았다. 우리나라에 이상고온이 발생한 것이 어제 오늘일이 아니었고, 또한 그런 상황에 대비한 전력의 예비와 또한 어쩔 수 없는 전력 차단이라면 사전에 고지토록 하는 절차가 분명히 있었기 때문이었다. 관계기관과 위원들 간의 끈질긴 줄다리기가 이어졌다. 조목조목 짚어서, 추궁하지 않는다면 결국 나중에 이런 일이 또 일어나지 말라는 보장이 없었기 때문이다.

우선 사태에 대비한 매뉴얼은 있는지, 사안의 위급함을 인지한 것은 언제인지와 대응은 적절했는지에 대해 광범위하게 조사를 했다. 요구를 해서 받는 자료만으로는 한계가 있었다. 솔직히 신뢰할 수도 없었다. 여기저기 수소문을 해 보고, 직접 발로 뛰며 사람들을 만나 보았다. 결국, 위기 상황을 예견 가능했었음에도 불구하고, 제대로 파악하지 못했고 또한 전력거래소 이사장이 위급한 상황임에도 불구하고, 점심 식사를 빌미로 자리를 비우는 등 상황인식에 안일해 제대로 대응하지 못했다는 점을 밝혀냈다. 아울러 대처에 있어서도 각 관계기관들이 유기적으로 협조하지 못했다는 점 또한 드러났다.

이 일로 인해 지식경제부장관을 비롯해 여러 사람들이 자리에서 물러났다. 그 분들이 분명 책임을 져야 할 자리에 있기는 했지만, 사태 이후 수습하고 제대로 된 대책 또한 마련해야 했다는 점에서 안타까운

9 · 15 정전사고는 전력 부족 상황을 벗어나기 위해,
한국전력거래소에서 예고도 없이 고의로
전국 각 지역의 전기를 돌아가면서 차단해 버린 사건이었다.
나중에 이런 일이 또 일어나지 않으려면 조목 조목 짚어서,
추궁하지 않을 수 없었다.

일이었다. 솔직히 사람만을 바꿔서는 잘못된 시스템과 인식이 바뀌는
것이 아니다. 9 · 15 블랙아웃은 탁상행정식 행정보다는 부처 간에 긴
밀하게 협조하고 또 촘촘한 사회 안전망 등 제대로 된 근본 대책이 얼
마나 절실한지 보여 준 계기가 되었다.

피해자를 위하여 울어라 Ⅳ

학교폭력과 법질서 교육

━━━

　　　　인재육성과 교육에 대해서는 중요시 여기면서 우리는 어쩌면 학교폭력에 대해서는 "우리 아이에게는 일어나지 않을 일"이라며 애써 외면하고 있는 부모들이 대부분일 것이다. 학교폭력 문제는 내 오랜 관심사였다. 비단 국회에서 또 당에서 주로 인권과 관련된 직책을 맡아서가 아니다. 또한 단순히 그들이 피해자이고, 보살펴야 하는 대상이어서만도 아니다. 자라나는 우리의 아이들이 우리 사회의 소중한 자산이라는 생각이기 때문이다.

　　아이들은 싸우면서 크는데 어른들이 끼어들어 문제를 키우고 있다고 하시는 분들도 분명 계시다. 진짜 철없는 아이들의 성장통을 우리가 과대포장하고 있는 것일까?

　　지난 2012년 2월 정부 관계부처가 내놓은 학교폭력 근절 종합대책에 따르자면, 학교폭력 최초 발생 연령이 갈수록 낮아지고 있는 것으로 나타났다. 피해 학생 중 53.6%가 초등학교 때 최초로 학교폭력 피

해를 경험했는데 그 중 36%가 초등학교 4~6학년 때, 그리고 1~3학년 저학년 때 경험한 비율도 17.6%나 됐다. 또한 가해 학생 중 58%가 초등학교 때 최초로 폭력을 행사한 것으로 나타났고, 14.9%는 저학년 때인 것으로 조사됐다.

또한 학교폭력대책자치위원회 총 심의건수 중 중학교가 차지하는 비율이 전체의 69% 수준으로 조사돼, 학교폭력 발생비율이 가장 높은 때는 중학교 때인 것으로 나타났다. 이는 최근 3년간 동일한 수준이다. 국민신문고에 신고된 학교폭력 관련 민원도 지속적으로 증가하고 있으며 중학교의 증가율이 초등학교의 일곱 배, 고등학교의 두 배 수준에 달한다.

학교폭력은 가해자와 피해자 구별이 불분명하고, 그 원인이 복합적인 경우가 많아 문제 해결에 전문적인 조사와 상담이 필요한 어려움이 있으며, 아울러 학교폭력 피해 경험이 있는 학생은 다시 폭력을 당하지 않기 위해 다른 학생에게 폭력을 행사하는 악순환이 발생되는 특징을 가진다.

단순한 신체적 폭력이 아닌 강제적 심부름(금품 갈취 등을 포함)이 46%, 사이버 폭력이 34.9%, 성적 모독 20.7% 등 언어적 정신적 폭력이 증가하는 등 지금의 학교폭력은 지속적인 물리적 폭력뿐만 아니라 정서적 폭력이 증가하는 특성이 나타나고 있다.

학교폭력 피해 학생 중 66.2%가 2명 이상의 가해자에게 폭력을 당하고, 가해 학생의 수가 6명 이상인 경우가 16.3%에 이르는데, 한 마디로 집단화 되는 경향이 있다고 볼 수 있다. 특히 학생들이 피해를 입지 않기 위해 일진 등 조직에 가입하고, 학교별 일진이 정보를 공유하여 피해자를 지속적으로 괴롭히는 문제가 빈발하고 있다.

지난해 같은 반 친구들에게 계속 시달렸던 대구의 한 중학생이 아파트 창문에서 몸을 던졌다. 이후 학교폭력 근절은 일자리나 물가 등을 제치고 국정의 최우선 과제로 선포되었다. 박근혜 당선인도 국민을 불안하게 하는 4대 악(성폭력, 가정폭력, 학교폭력, 불량식품)의 하나로 학교폭력을 꼽으며 반드시 척결하겠다고 약속했다.

그럼 대책은 무엇일까? 지난해 2월 6일 정부가 '학교폭력 근절 종합대책'을 발표한 이후 1년간 부처별로 학교폭력 예방을 위한 다양한 정책이 나왔다.

교육과학기술부는 모든 학교에서 연2회 학교폭력 실태조사를 하도록 법제화했다. 학교폭력 실태조사 참여율은 지난해 1월 25%에서 8월 74%로 올랐다. 또 학교폭력이 일어나면 각 학교가 학교폭력대책자치위원회(학폭위)를 열도록 하는 등 피해 학생 보호와 가해 학생 선도·교육을 강화했다. 2011년 13,580건이었던 학폭위의 피해 학생 보호조치는 지난해 1학기 22,989건으로 크게 늘었다. 같은 기간 가해 학생 선도 조치는 23,991건에서 38,276건으로 증가했다.

피해 학생과 가해 학생에 대한 치유 지원도 강화했다. 전국 학교에 배치된 전문상담교사 수는 2011년 922명에서 지난해 1,422명, 올해 1,922명으로 늘었다. 아울러 각 학교가 학교폭력 대응 역량을 갖추도록 학교 안전 인프라를 대대적으로 점검했다.

그 결과 1년 동안 학교 CCTV는 89,867대에서 100,053대로, 배움터 지킴이 등 학생 보호인력은 8,955명에서 10,633명으로, 안심 알리미 이용 학교는 3,098개교에서 4,355개교로 늘었다.

인성교육 우수학교 발굴, 학교 스포츠클럽 활성화, 학생 오케스트라 확대 등 학교 교육 전반에는 인성교육을 강화했다. 논란이 있었지만 학교폭력 가해 사실을 학교생활기록부에 기재하도록 하고 중학교 2학년에 복수담임제를 도입하기도 했다.

당시의 행정안전부는 '학교폭력 근절 대책 지역추진체계'를 구축, 지역별로 학교폭력 예방 조례 제정, 학교 주변 순찰 강화 등 다양한 대책을 추진했다. 또 간헐적으로 하던 학교 주변 유해업소 단속을 관계 부처·자치단체와 함께 연2회 집중적으로 실시하기로 했다. 이에 지난해 키스방, 성인PC방 등 신 변종업소 1,545곳을 포함한 학교 주변 불법영업 업소 8,159곳을 적발했다.

또한 여성가족부는 또래 친구의 상담으로 학교폭력 문제를 해결하는 '또래상담 프로그램' 시행 중·고교를 2011년 573개교에서 지난해 4,638개교로 대폭 확대했다. 아울러 학교폭력으로 고민하는 청소년들이 언제든지 상담할 수 있도록 24시간 운영하는 청소년사이버상담센터를 활성화했으며, 보건복지부는 전국 183개 정신건강증진센터에서 학교폭력을 겪은 학생들의 정신건강 문제에 대한 상담, 재활, 치료를 지원했다.

법무부는 지난해 6월 서울 남부, 서울 북부, 인천, 대구 등 4개 지역에 청소년비행예방센터를 증설했다. 현재 전국 10개 지역에서 센터가 운영 중이다. 청소년비행예방센터 증설로 비행 예방 교육인원은 2011년 23,382명에서 지난해 30,122명으로 28.8% 늘었다. 교육 대기 기간도 4.9주에서 3.2주로 단축됐다.

방송통신위원회는 청소년 · 학부모 · 교원 75,952명 대상 인터넷 윤리교육, 올바른 인터넷 문화를 이끄는 '한국인터넷드림단' 운영 등 청소년 사이버폭력예방을 위한 교육 홍보 사업을 벌였다.

문화체육관광부는 전국 6,531개 초중고에 예술 강사 4,263명을 배치, 문화 · 예술 · 체육활동을 통한 학생들의 인성교육을 지원했다. 또 학생들이 토요일을 활용해 지역문화 시설에서 문화예술 체험을 할 수 있는 '토요문화학교'를 전국 151곳에 설치했다.

경찰청은 교육과학부, 여성가족부 등 부처별로 운영해 오던 학교폭력 신고 전화를 117로 통합하고 홍보를 강화했다.

그야말로 거의 모든 부처에서 대책을 내놓은 셈이었다. 하지만 정부가 종합적인 대책 후에도, 1년간 학교폭력 사건에 연루돼 구속되거나 즉심 · 훈방 등 처분을 받은 학생이 증가한 것으로 나타났다. 결국 정부의 대책이 실효성을 거두지 못하고 있는 셈이다.

그렇다면 학교폭력을 근절시킬 근본적인 대책은 없는 것일까.

2008년 법제사법위원회 위원 시절, 업무보고를 통해 법무부가 '법'을 주제로 한 테마파크 사업, 일명 로파크 사업을 대전에서 운영하고 있다는 이야기를 듣고, 애써 우리 지역에 유치한 바 있다.

국가 경제발전이나 국민의 지식수준 향상 못지않게 중요한 것이 법과 질서의 준수이다. 2006년 12월 한국연구개발원의 연구결과, 우리나라의 법질서 정비 및 준수 정도가 OECD 30개국 중 27위로 나타났다는 연구결과를 접한 적이 있다. 특히 이 연구결과에서는 만일 우리나라가 1991년부터 OECD 평균의 법질서 수준을 유지했다면 매년 1% 내외의 추가적인 경제성장을 이뤘을 거라고 밝힌 것에 적잖은 충격을 받았다. 결국 올바른 법치주의, 민주주의의 실현은 무형의 사회적 자본과 마찬가지인 셈이다.

법과 원칙을 지키는 신뢰사회 구현은 하루아침에 이뤄지는 것이 아니다. 꾸준한 교육이 수반되어야 하며, 생활습관에 녹아들어 있어야만 한다. 이런 점들을 고려해 볼 때, 법 교육 관련 사업은 매우 의미가 크다고 본다.

학교폭력에는 다양한 원인이 있겠지만, 아직 성숙하지 못한 청소년들의 인간관계나 법질서 의식의 결여에서도 그 원인을 찾을 수 있다. 그런 점에서 이제 교육의 범위는 단순히 지식을 전수하고, 수학능력을 평가하는 수준에서 벗어나야 한다. 이미 인성교육이라는 명목 하에 학교에서도 가르치고 있지만, 보다 수준 높은 법질서 교육을 대상자인 청소년들의 눈높이에 맞게 실시하는 것 또한 중요하다고 본다. 시대에 맞게 교육방식이 변해야 하고, 법과 질서의 준수가 사회문화로 자리 잡아야 한다. 그것이야말로 학교폭력에 대한 근본적인 대책이 될 것이라고 확신한다.

망자의 헌신에 대한 예우와
제대군인에 대한 예우

일제 식민지를 거치고 민족상잔의 비극을 겪은 나라에서, 또 하나의 아픈 역사인 월남전까지. 대한민국은 근대와 현대에 걸쳐 참 많은 아픔을 겪은 나라다. 한편으로는 수많은 사람들이 애국이라는 이름으로 희생한 나라이기도 하다. 단일 민족이기 때문일까. 우리나라처럼 애국을 강조하는 나라도 드물 것이다. 하지만 한편으로 우리나라처럼 국가와 국민을 위한 희생에 대한 예우가 제대로 갖춰지지 않는 나라도 드물 것이다.

이 이야기를 하자면 안중근 의사의 이야기를 다시 꺼낼 수밖에 없다. 앞에서 이미 많은 부분을 할애하여 업적과 그에 대한 존경심을 이야기했고, 굳이 내가 이야기하지 않더라도 대한민국 국민 누구도 존경과 찬사와 함께 그 분의 업적을 기리지 않을 사람은 없다. 하지만 그 분의 숭고한 희생에 대해 그 분의 가족은 과연 합당한 대우를 받았는

6월 9일(월) 오전 10시 부산경찰청장葬으로 열린 故 전성우 경사 영결식에 참석했습니다.

전 경사에게는 6살 딸과 젊은 미망인이 있었습니다.
영결식장에서 그들을 보면서 전혀 낯설지가 않았습니다.

함께 울었습니다.

하지만 정말 중요한 것은 오늘만 함께 울고, 같이 있어주는 것이 아니라
6살 딸아이가 아버지의 고귀한 죽음을 이해할 수 있을 때까지 함께 해주는 것입니다.

故 전성우 경사는 지난 5일 투신 사하구 신평동에서

자살소동을 벌이던 20대 남성을 설득하며 구조작업을 벌이다

함께 떨어져 순직하였습니다.

아버지가 월남에서 군복무 중 운명을 달리하셨을 때 저는 일곱 살이었습니다.
우리 사회는 일곱 살에 아비 잃은 저를
외교관과 검사를 거쳐 이 나라의 국회의원으로 만들어 주었습니다.

우리는 이렇게 남겨진 이들에게 좀 더 따뜻한 관심을 보여야 합니다.

삼가 고인의 명복을 빕니다.

가? 대답은 '아니오'였다. 안중근 의사의 작은아들은 아버지에 대한 일제의 미움으로 평생을 쫓김과 협박당하기를 반복한 끝에 결국, 친일의 길을 선택할 수밖에 없었다고 한다.

나라를 위해 희생한 분들의 자손들에게 남은 것이라고는 명예와 자부심 그리고 가난뿐인 상황을 쉽지 않게 찾아볼 수 있다. 범죄와 싸우다 순직한 경찰관의 가족이 그렇고, 화마와 싸우다 안타깝게 목숨을 잃은 소방관의 가족 또한 그렇다.

그에 비해 다른 나라는 어떤가. 2012년 5월에 접한 기사를 보면, 북한 지역에서 발굴된 국군 전사자 12명의 유해가 62년 만에 고국으로 돌아왔다고 한다. 유해가 반세기 만에 귀환할 수 있었던 것은 미국 국방부 산하 전쟁포로 및 실종자 확인 합동사령부(Joint Prisoners of war, Missing in Action Accounting Command, JPAC)가 북한 지역에서 조사 작업을 벌인 덕분이었다.

JPAC는 "그들이 집으로 돌아올 때까지(Until they are home), 조국은 당신을 잊지 않는다(You are not forgotten)."라는 말을 구호로 삼는다고 한다. 적진에 포로로 붙잡혀서도 미군이 '언젠가 조국이 나를 찾으러 올 것'이라고 믿는 이유 그리고 그런 조국에 충성을 다할 수 있는 원천이 바로 나라를 위해 헌신한 사람들에 대해 끝까지 예를 다하는 국가의 자세에 있는 셈이다.

2002년 서해교전 당시 사망한 고(故) 한상국 중사의 부인은 2005년 외국으로 이민을 떠나면서 "이런 나라에서 어떤 병사가 목숨을 던지겠느냐?"라는 뼈아픈 말을 남겼다.

언제쯤 대한민국에서 국가에 대한 헌신이 뼈아픈 가족사가 아닌 자랑거리가 될 수 있을까. 대한민국 국회의원이기 이전에 국가의 부름을 받고 헌신한 아버지를 늘 자랑스럽게 여기는 사람들 중 한 명으로서, 나는 늘 이 고민을 안고 살 수밖에 없을 것 같다.

> 존경하는 국민 여러분, 그리고 선배·동료 의원 여러분!
> 38년 전 저희 아버지는 월남전에서 적군의 총탄에
> 유명을 달리하셨습니다.
>
> 비록 철없던 일곱 살이었지만
> 제 아버지가 군인으로서
> 나라를 위해 돌아가셨다는 사실은
> 무엇보다 큰 자부심이었습니다.
>
> 국가 유공자 가족으로서
> 조국이 우리 가족을 돌보아 준다는 사실이
> 자랑스러웠습니다.
>
> 그러나 지금의 대한민국이
> 자라나는 다음 세대에게
> 자랑스러운 우리나라가 될 수 있을까 반문해 봅니다.

〈2010년 4월, 제289차 정치 분야 대정부 질문 중〉

사실 고등학교 때까지만 하더라도 육사에 들어가 월남에서 돌아가신 아버지의 뒤를 이어 군인이 되는 게 장래희망이었다. 대학 재학 시절 가장 많이 흥얼거렸던 노래조차도 양희은의 「늙은 군인의 노래」였다니, 아버지에 대한 그리움과 동경심 때문인지 '군인'이라는 직업은 내 삶에서 큰 부분을 차지하고 있다. 그래서 그런지 지금도 수많은 현

대한민국 국회의원이기 이전에
국가의 부름을 받고 헌신한 아버지를
늘 자랑스럽게 여기는 사람들 중 한 명으로서,
나는 늘 이 고민을 안고 살 수밖에 없을 것 같다.

안들 중에서 군인·경찰 등 국가와 국민을 위해 현장에서 헌신하고 계시는 분들에 대한 문제에 많은 관심을 갖고 있다.

솔직히 우리 사회는 특히 군인에 대한 대우와 배려가 매우 부족하다. 과거 군사정권의 악몽 때문인지, 남자라면 누구나 군대에 다녀오면서도 '군인' 하면 '군바리'라 칭하고 비하하는 사회 분위기가 자리 잡혀 있다. 나아가 군인들에 대한 처우 특히 제대 군인에 대한 처우는 그야말로 열악하다.

1999년 헌법재판소의 군가산점에 대한 위헌결정 이후 의무복무 제대군인에 대한 국가의 지원은 전무하다시피 거의 사라졌다. 물론 현행 제대군인지원법상에는 군에서의 근무 경력을 인정할 수 있게끔 되어 있으나, 이건 어디까지나 권고적 조항에 불과해, 근무 경력을 인정하는 곳은 70% 중반 대에 머물고 있는 실정이다.

군가산점은 위헌이지만 우리 헌법은 누구든지 병역의무의 이행으로 불이익한 처우를 받지 아니한다고 규정하고 있다. 즉, 점수를 더 주는 건 안 되지만 그렇다고 해서 점수를 깎아서도 안 된다는 의미다. 하지만 현실은 어떤가. '무전(無錢) 현역 유전(有錢) 면제' '군 면제자는 신의 아들, 공익은 사람의 아들, 현역은 어둠의 자식들'이란 말이 나돌 정도다. 군대를 다녀오지 않은 사람은 입대를 전후해 대기하는 기간과 복무 기간 등을 합산한 것만큼 3년여 먼저 사회에 진출하거나 학업의 기회를 가지는 반면, 군 복무자들은 군 복무 기간만큼 취업전선에서 사실상 불이익을 받아왔다고 볼 수 있다.

더불어 국가의 안전을 위해 헌신한 직업군인에 대한 지원 및 예우도 매우 열악하다. 보훈처 자료에 따르면 중장기 복무 제대군인의 경우에 한 해 약 6,000명이 자발, 비자발적으로 전역하고 있다. 전역은 곧 사

2013 제대군인주간(10.8~10.14)
제대군인에게 감사와 일자리를! 국가보훈처

제대군인에 대한 예우와 지원은
곧 군인의 사기와 직결된 문제이고,
이는 또한 국가안보와 직결되는 문제이다.
아울러 국가의 품격과 관련된 문제인 만큼
제도개선이 필요하다고 느낀 바 있어,
'제대군인지원에 관한 법률 개정안'을 발의한 바도 있다.

회로의 복귀를 의미하는데, 이들의 취업률은 고작 40% 수준이다. 미국·일본·독일·프랑스의 경우 제대군인의 평균 취업률이 90%대인 것에 반해 우리는 이에 절반도 못 미치는 상황이다.

'대한민국 남자라면 누구나'라는 미명아래 군 복무자들의 국가에 대한 봉사와 희생은 그 동안 역차별 받아왔다고 해도 과언이 아닌 셈이다. 사실 그 역할을 두고 보면 제대군인에 대한 예우와 지원은 곧 군인의 사기와 직결된 문제이고, 이는 또한 국가안보와 직결되는 문제이다. 아울러 국가의 품격과 관련된 문제인 만큼 제도개선이 필요하다고 느낀 바 있어, '제대군인지원에 관한 법률 개정안'을 발의한 바도 있다.

이 법의 요지는 정년의 3년 범위 내에서 연장, 근무 경력을 의무로 인정해 준다는 것이다. 간단히 말하자면, 젊은 시절 3년이라는 시간을 국가를 위해 내놓았으니, 제대 후에 국가에서도 똑같이 3년이라는 시간을 보상해 주겠다는 것이다. 지난 1999년 헌법재판소에서 제대군인 가산점제가 위헌이 난 상태라 이 법의 위헌 여부에 대한 관심이 높다. 하지만 이전의 군가산제가 여성이나 장애인들에게서 기회 자체를 박탈하는 것임에 비해 이번 제대군인에 대한 지원법 개정안은 경쟁에서 우위에 있도록 특정한 혜택을 주는 것이 아니다. 단지 헌법에서도 명시적으로 규정한 불이익한 처우를 받지 말아야 한다는 조항을 관련법으로 옮겨 병역의 의무를 수행함으로써 본인이 의도하지 않게 경쟁에서 시간적으로 뒤처져야만 했던 불이익을 보상받을 수 있도록 한 것이다.

이 법이 통과된다고 해서 모든 제대군인들에게 혜택과 만족이 돌아갈 거라고 생각하지는 않는다. 그럼에도 불구하고, 이와 같이 노력들이 국가에 헌신하신 분들에 대한 예우에 관한 국민적 인식을 바꿔놓는 기회가 되기를 바란다.

평화의 소녀상

⎯

　　18대 초 한·중·일 차세대 지도자 포럼이 열렸다. 한국 국회의원 대표로 선정되어 각국 대표와 함께 3국을 순방하며 현안에 대해 토론을 했고, 그 자리에서 "국익을 추구하는 데 있어 분명히 넘어서는 안 되는 '역사적인 진실'이라는 금도가 있다."는 발언을 한 적이 있다.

　역사적 진실을 왜곡하고, 과거 침략전쟁을 미화함으로써 피해국을 자극하는 일본의 행동은 사실 어제 오늘 일은 아니다.

　2010년 9월, 독도영토수호대책특별위원회, 일명 독도특위의 위원으로 있을 무렵, 일본 당국은 '독도는 일본 영토'라고 표기를 유지한 방위백서를 내놓아 논란이 일었다. 불과 한 달 전인 8월, 일본은 한일강제합방 100년을 맞아 사죄한다는 내용의 담화를 발표했는데, 담화문의 잉크가 채 마르기도 전에 이러한 방위백서를 내놓음으로써 사실상 대한민국을 기만한 셈이 됐다.

　당시 나는 이러한 사실을 두고, "러시아 대통령은 일본과 영토분쟁

영국 대영박물관을 찾아
독도에 관한 고지도를
확인해 보았다.

파이낸셜뉴스
글로벌 시대의 새로운 시각 First-Class경제신문
☒ 창닫기

박민식의원 "독도문제 부당성 국제사회 널리 알릴 것"

📅 2008-07-18 15:23:51

한나라당 박민식 의원(부산 북강서갑)은 오는 20일 부산에서 개최되는 '한 중 일 차세대 지도자 포럼'에 우리측 정계 대표로 참석해 최근 일본 정부의 독도영유권 명기 강행 방침에 대한 부당성을 국제사회에 널리 알리는 '메신저' 역할을 자처했다.

지난 10일 중국 상해에서 시작된 제6차 한중일 차세대 지도자포럼은 난롱, 일본 동경과 가나자와현, 그리고 16일 서울을 거쳐 17일 최종 행선지인 부산에 도착해 오는 20일까지 마지막 공식 일정에 들어간다.

우리측 정계 대표로 참석중인 박 의원은 18일 "18대 국회 개원과 산적한 당면 현안 속에서 중국과 일본의 일정을 강행하느라 힘들었다"고 소개한 뒤 "부산 행사는 마지막 일정인 만큼 한국은 물론 부산에 대한 좋은 인상을 심겠다"고 밝혔다.

박 의원은 특히 '일 정부의 독도영유권 명기 강행 문제'와 관련해, "국익을 추구하는데 있어 분명히 넘어서는 안 되는 '역사적인 진실'이라는 금도가 있다"면서 "일본측 참석자를 비롯한 모든 참석자들에게 이 같은 내용을 주지시키겠다"며 국제사회에 이 문제를 공론화시킬 것임을 강조했다.

이번 행사는 한국 국제교류재단과 중국 중화 전국청년연합회, 일본 국제교류기금이 공동 주관했으며 '2030년 동북아시아의 비전'을 주제로 한중일 3국을 돌며 토론을 개최했으며 우리 측에선 박민식 의원 등 6명이, 중국에선 우지중 전국인민정치협상회의 외사위원회 처장 등 6명, 일본측에선 스즈끼 하루노부 의원을 포함해 7명 등 총 19명이 참석했다

./haeneni@fnnews.com정인홍기자

을 빚고 있는 쿠릴열도를 방문했는데, 우리나라 대통령은 독도에 방문한 적이 없습니다. 우리 대통령도 독도를 방문해야 합니다."라고 주장했다. 잠시나마 외교부에 몸을 담았던 입장에서 정부의 조심스러운 입장을 이해 못할 바는 아니었지만, 최소한 독도문제만큼은 정책의 '효율성'보다는 국민의 '애국심'을 더 먼저 생각해야 한다고 믿었기 때문이다. 또한 틈만 나면 독도를 자기네 땅이라고 우기며, 대한민국을 기만하려 드는 일본을 상대로 더 이상 눈치보기식 소극적 외교는 지양해야 한다고 생각했기 때문이다. 그로부터 2년여가 흐른 2012년 8월 이명박 대통령은 독도를 방문했다.

또 다시 2년여가 흐른 2014년, 토니 마라노라는 미국인이 미국 캘리포니아 주 글렌데일 시민공원에 설치된 '평화의 소녀상'을 철거해 달라는 청원을 백악관이 운영하는 청원 사이트에 올렸다. 정해진 규정에 따르면 백악관은 특정 청원에 대한 서명이 30일 이내에 10만 명을 돌파하게 되면 공식 입장을 내놓아야 하는데, 그에 맞서 철거를 반대하는 청원에 대한 서명은 저조했다. 1월 8일경 사무실 직원들과 서명에 동참하는 한편, SNS를 통해 많은 사람들의 참여를 독려했다.

왠지 한가롭게 서명만 하고 있어서는 안 될 일 같았다. 글렌데일에 세워진 위안부를 기리는 '평화의 소녀상'은 평화 · 인권 · 여성의 권리를 대변하는 상징이기도 하지만, 우리에게는 2차 대전 중 일본 제국군 군대에 끌려가 성노예로 학대당한 20만 소녀들의 짓밟힌 삶을 상징하기 때문이다. 대통령에게 "눈치 보지 말고 독도를 방문하라"고 주장까지 했던 사람이 그냥 강 건너 불구경하는 건 내 자신에게 염치없는 일이기도 했다. 즉각 오바마 대통령과 글렌데일 시(市)의 시 의원에게 편지를 써서 부쳤다.

The White House
1600 Pennsylvania Avenue NW Washington,
DC 20500
USA

Jan. 8, 2014

THE STATUE MEMORIALIZING COMFORT WOMEN IN THE CITY OF GLENDALE, CA

Dear President Barack Obama,

I am a Representative of the Republic of Korea, representing the city of Busan. Busan is famous for having the only UN Cemetery in the world. I feel very honored to send you my letter regarding the monument located at Central Park in Glendale City, California. As you know, a statue memorializing the so-called comfort women was erected on the sixth anniversary of the passage of Resolution of 121 by the U.S. House of Representatives. The Korean-American Forum of California erected the monument on July 31th, 2013.

The resolution, introduced in 2007 by Democratic Representative Mike Honda of California, who is himself Japanese-American, deals with the issue of comfort women, women of Korea who were forced into sexual slavery during WWII. Mr. Honda demands that the Japanese government apologize to former comfort women, and include curriculum about them in Japanese schools, in accordance with UN Security Council Resolution 1325.

House Speaker Nancy Pelosi, upon its passage, said, "Today, the House of Representatives made a strong statement in support of human rights by calling on the Japanese government to formally acknowledge and apologize for their forced coercion of women into sexual slavery during World War II." In addition Amnesty International issued a statement saying, "The U.S. House of Representatives resolution sends an unambiguous signal to the Japanese government that justice is long overdue to the victims forced into prostitution by the Japanese military during World War II."

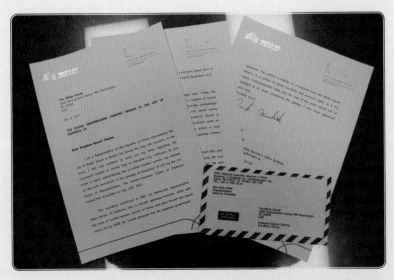

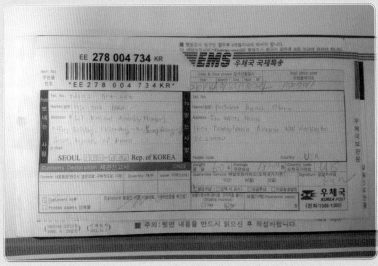

My father was an intelligence officer during the Vietnam War and passed away in combat when I was seven years old. My early life was full of thorns and hardships. The Vietnam War stole a man's life and hope of one home, and WWII stole women's values and dream of their families. Just as my heart has been rent with grief and pain, so has been that of most Korean women. But their agony has been bigger with the news that the Glendale peace statue might be pulled down.

A petition asking for demolition of the statue on the White House website "We The People" has gathered more than 100,000 approval signatures. The petition is waiting for a response from the White House. America is a symbol of peace, humanity and women's rights, as is this statue. I wholeheartedly hope your fair view of the world should not be changed at all when considering the petition. I very much appreciate your time.

Sincerely Yours,

Min-Shik PARK
Representative
National Assembly

#621 National Assembly Member's Office Building
1 Uisadang-no, Yeongdeungpo-gu
Seoul
REPUBLIC OF KOREA 150-702
TEL: +82-2-784-2316
EMAIL: justinia02@naver.com

버락 오바마 대통령께

저는 대한민국 부산광역시 출신 국회의원입니다. 부산은 전 세계에서 유일한 UN 공원묘지가 있는 도시로 유명합니다. 캘리포니아 글렌데일 시 중앙공원에 설치된 동상과 관련하여 오바마 대통령께 편지를 쓰게 되어 매우 영광입니다. 아시는 바와 같이, 소위 위안부를 기념하는 동상은 미하원 결의안 121호 통과를 기념한 그 6주년에 세워졌습니다. 가주한미포럼에서 2013년 7월 30일에 그 동상을 세웠습니다.

결의안은 2007년 일본계 미국인인 캘리포니아 출신 민주당의 마이크 혼다 의원이 발의하였습니다. 결의안은 2차 대전 중 성노예를 할 수밖에 없었던 한국 여인들을 다루고 있습니다. 혼다 의원은 일본 정부가 위안부들에게 사과할 것을 요구하고 있으며 일본 학교에 관련 커리큘럼을 만들도록 요구하고 있습니다. 이런 조치들은 UN 안전보장위원회 결의안 1325호에 따른 내용입니다.

하원 결의안 통과에 즈음하여 낸시 펠로시 하원 의장은 "오늘 하원에서 일본 정부가 2차 대전 중 성노예로 착취된 여성들에게 그런 사실을 시인하고 사과할 것을 공식적으로 요청하는 강력한 성명서가 통과되었다."라고 언급하였습니다. 또한 국제사면위원회는 "미하원이 일본 정부에게 2차 대전 중 일본 군부에 의해 매춘을 강요받은 희생자들에게 뒤늦게나마 정의가 살아 있다는 분명한 신호를 보낸다."라는 성명서를 발표하였습니다.

저의 아버지는 월남전 당시 정보장교로 근무하다가 제가 일곱 살 때 전사하였습니다. 제 어린 시절은 많은 고통으로 점철되었습니다. 베트남 전쟁은 한 남자의 인생과 한 가정의 희망을 빼앗아 갔고, 2차 대전은 여성들의 소중한 가치와 그들 가정의 꿈을 빼앗아 갔습니다. 제 가슴이 슬픔과 번민으로 가득 차 왔듯이, 대부분의 한국 여성들도 그러합니다. 그런데 한국 여성들은 글렌데일 시 소녀상이 철거될지도 모른다는 뉴스 때문에 더욱 더 슬픕니다.

백악관 〈위 더 피플〉 웹사이트에 그 소녀상을 철거하라는 청원이 10만 건을 넘으면서 백악관의 결정을 기다리고 있습니다. 미국은 평화, 인간성 그리고 바로 그 소녀상이 대변하는 여성 권리의 상징국가입니다. 저는 이번 청원건을 다루시면서 오바마 대통령의 공정한 세계관이 전혀 흔들리지 않기를 진심으로 기원합니다. 시간을 할애해 주셔서 진심으로 감사합니다.

답장의 여부와 상관없이 내가 할 수 있는 최대한의 노력을 하고 싶었고, 뜻만은 반드시 전달하고 싶었다. 더불어 정치권, 여성계, 교육계, 종교계 그리고 정부 측 사람들과도 이 문제에 대해 집중적으로 논의하고 자문을 구한 끝에 부산에 '평화의 소녀상'을 건립 추진하기로 뜻을 모았다. 아마도 수많은 소녀들이 부산항에서 배를 타고 끌려갔을지도 모른다는 생각을 하면, 부산에 소녀상을 건립하는 건 어찌 보면 만시지탄이라는 생각이 들었다.

새삼스럽지도 않은 일부 일본 극우세력의 도발에 왜 이렇게까지 펄쩍 뛰느냐는 분들이 있을지도 모른다. 하지만 나는 일본이 스스로 조용해지기 바라는 것보다 더 중요한 것은 피해자들의 태도라고 생각한다. 일본에 대해 증오심과 적개심을 가지고 싸우라는 의미가 아니다. 오히려 아픈 상처를 기억하는 노력을 끈질기게 해야 한다는 의미다. 흔적들을 발굴하고, 수집하고 보존해야 한다. 그리고 그것을 후세들에게 끊임없이 교육하고 보여줘야 한다.

용서는 하되, 잊어서는 안 된다(Forgive but never forget).

상대방에 대해 분노를 표출하는 것보다 더 무서운 것은 피해자들이 과거의 상처를 끝까지 추적하며, 기억하고 있다는 것을 보여 주는 것이다. 그것이야말로 일본으로 하여금 반성하고, 똑같은 잘못을 되풀이하지 못하도록 하는 가장 유효한 수단이 될 것이다.

용서는 하되, 잊어서는 안 된다
(Forgive but never forget).

공약의 실현 I

철탑을 뽑아라

지역구 공약을 실행해 가는 것은 마치 책을 펴놓고 문제를 푸는 오픈북 시험과 같다는 말을 한 적이 있다. 학창 시절, 오픈북 시험이라고 하면 마냥 좋아할 수만은 없다는 것은 해 본 사람은 다 알 것이다. 통상 책 속에 답이 있어도 평소에 책을 가까이 하지 않았으면 그 답을 주어진 시간 내에 단번에 찾기 힘들 뿐만 아니라, 책에는 생략되어 있는 정답의 도출 과정까지 모두 적어내야 하기 때문이다.

통상의 공약이 그렇다. 사람들이 무엇을 원하고, 내가 무엇을 해야 하는지는 알지만, 그 답을 완성하기까지 과정이 단 한 번도 순탄한 적이 없다.

나도 그랬지만, 흔히들 약속을 받아내고, 예산만 따내면 모든 것을 다 이루었다고 한다. 하지만 현실에서는 그것이 끝이 아니다. 문제없이 잘 될 거라고 믿었던 사업들도 뜻하지 않은 외부 변수에 의해 늦춰지곤 했다. 결국 시험이 끝날 때까지 단 한 순간도 긴장의 끈을 놓을

특고압 송전선로 철거 주민 보고회
2013. 7. 26   한국전력공사 부산지역본부

수 없는 것이 바로 공약의 실현이다.

그 대표적인 예가 바로 지역구를 관통하는 송전철탑의 철거였다. 송전철탑 철거는 지역의 오랜 숙원사업이었고, 철거 계획이 이미 수립되어 있었음에도 불구하고, 한전의 소극적인 태도 때문에 지지부진하고 있었다. 국회의원으로 당선되자마자 한전 측과 지속적으로 협의한 결과, 2011년까지 지중화를 완료하고, 철탑을 철거하겠다는 약속을 받아냈다. 관계자를 만날 때마다 신신당부를 했고, 재차 삼차 약속을 받아냈다.

하지만 일은 엉뚱한 곳에서 터졌다. 지중화를 위한 공사를 하고 있던 중 다른 지역에서 민원이 발생한 것이다. 엎친 데 덮쳤다고 해야 하나, 공사가 한창 진행 중인 2011년, 프로야구 롯데 자이언츠가 오랜만에 제대로 된 활약을 펼침으로써 사직구장 인근에서 진행되던 공사의 걸림돌이 되어 버렸다. 결국 공사는 해를 넘겼고, 2012년 총선에서 상대 후보는 이와 관련해 내가 공약을 지키지 않았다고 몰아붙이기 시작했다. 억울하기도 하고, 할 말도 없었다. 끝내 철탑은 대부분 사라졌다.

그리고 완전히 추억 속으로 사라질 것이다. 하지만 공약을 지킨다는 게 얼마나 힘든 것인지 내 머릿속에 영원히 각인될 일이 되었다.

공약의 실현 Ⅱ

경제적 약자에게 더 많은 문화의 향기를

공약과 관련해 또 하나의 힘들었던 기억은 바로 부산 학생예술문화회관의 설립이었다. 최초 제2청소년 교육문화회관 건립이라는 이름으로 시작된 이 공약은 북구를 비롯한 서부산권의 학생과 청소년 그리고 지역 주민들을 위한 다양한 문화공간을 확충하고자 추진했다. 동부산권에 비해 서부산권은 여러모로 열악했지만, 공연 시설과 체육, 문화 시설들은 정말 터무니없이 부족했다. 경제적인 발전의 원동력이 되는 산업 시설 또는 기업들의 유치는 기반 시설과 입지의 문제가 있다 치더라도 교육과 문화, 예술 시설의 확충은 그런 것과는 전혀 상관이 없는 문제였다.

비록 서부산권의 인구가 줄어들고 있다고 하더라도 수요 또한 충분했다. 경제적 어려움이 있는 곳에서는 오히려 문화와 교육이 자산이 될 수 있도록 혜택과 지원이 더 많이 제공되어야 함에도 불구하고, 그런 분야들마저도 승자가 모든 것을 다 차지하는 형국과도 같았다. 문화와 예술, 취미활동을 충분히 체험하고 즐김으로써 동서 지역 간의 문화적 혜택의 격차를 줄이고, 이를 바탕으로 지역 균형 발전의 초석을 마련하겠다는 열망이 간절했기 때문에 부산 학생예술문화회관 건립사업을 추진했던 것이다.

필요성과 수요는 충분했기 때문에 조금만 노력하면 예산 지원은 당연할 것이라고 생각했던 것 자체가 오판(誤判)이었다. 사업과 관련해 주무 부처인 교육과학기술부에 타당성을 문의해 보니 일단 규모가 너무 크고, 공연장 등은 교과부에서 시행하는 사업의 목적과도 부합하지 않아 계획대로 사업을 진행한다면 예산 지원은 불가능하다는 답이 왔다. 계획을 수정해 교과부의 의견을 따를 수도 없었다. 반쪽짜리 건물이 될 것이 불을 보듯 뻔했기 때문이었다.

교과부를 설득하는 한편, 재원을 확보할 다른 방법을 모색했다. 우선 강당 등의 체육 시설이 들어가는 만큼 문화체육관광부가 목표였다. "우리 지역은 아무것도 없다. 교육과 문화만이 살 길이다. 많은 예산이면 몰라도 일부만 도와주는 것이니 꼭 도와 달라."는 것이 내 유일한 논리였고, 들어 줄 때까지 쫓아다니며 읍소하는 게 유일한 전략이었다. 그 다음 대상은 돈을 쥐고 있는 재정당국이었다. 혼자만으로는 설득이 불가능했다. 관련된 상임위에 소속된 의원들에게 부탁하는 한편, 예산을 최종 확정짓는 계수조정소위원회 위원들을 평일이나 주말 가릴 것 없이 쫓아다녔다. 도와주지 않으면 평생 미워할 거라는 애교 섞인 협박까지도 서슴지 않았다.

부산시도 예외일 수 없었다. 시장은 물론 교육감에게까지 찾아가 "북구에 다른 것들은 몰라도 교육과 문화를 위한 인프라는 반드시 갖

지역 균형 발전의 초석을
마련하겠다는 간절한 열망으로
부산 학생예술문화회관
건립사업을 추진했다

149

춰져야 한다."며, 끊임없이 도와줄 것을 요청했다. 지금에 와서 하는 이야기지만, 2009년 국회예결산위원회 위원을 하면서는 이 예산을 비롯해 부산 지역의 예산 확보를 위해, 지금은 기획재정부차관이 된 이석준 당시 기획재정부 예산국장을 감금 아닌 감금을 해 놓고 호소한 적도 있었다.

궁하면 통한다고 했다. 결국 예산은 통과되었다. 확보해 낸 예산을 보니 속된 말로 오색찬란했다. 문광부, 교과부, 부산시, 부산시 교육청, 거기다가 북구청까지 예산을 받아낼 수 있는 곳은 모두 받아냈다. 선배 의원들은 물론, 기획재정부 공무원도 이 내용을 알고는 대체 어떻게 이렇게 할 수 있었냐며 혀를 내두를 정도였다. 그렇게 만들어 낸 문화회관이 작년 하순에 개관했을 때, 막상 나는 박근혜 대통령 베트남 순방길에 동참하느라 참석하지 못한 아쉬움이 있다. 하지만 지금도 그 모습을 볼 때마다 감회가 늘 새롭다.

공약의 실현 Ⅲ

집은 인생인데, 환경개선지구 문제

━━━

열정과 노력만으로 반드시 모든 것이 되는 것은 아니었다. 그 안타깝고 개인적으로 송구스런 일이 바로 만덕 5지구 주거환경 개선지구 사업이다.

만덕에 사는 분들이면 누구나 잘 알고 있겠지만, 만덕 지역에 대개의 주택지들은 노후되고 환경 또한 개선이 시급했다. 그 결과로 만덕 5지구는 2001년 주거환경 개선지구로 지정이 되었고, 개발이 유력했다. 그러나 수년 동안 이런 저런 이유로 사업을 미뤄왔고, LH 공사가 국내외 경기침체와 사업비 부족 등의 이유로 일방적으로 사업을 중단해 버렸다. 그 사업을 재개시키고자 사방팔방 노력한 끝에 2011년 9월, LH 공사의 사업 구조조정 이후 전국에서 처음으로 만덕 5지구 주거환경 개선지구에 대한 보상이 재개되었다.

하지만 문제는 여기서부터 다시 시작되었다. 보상을 해 준다고 잔뜩 생색을 낸 LH 공사가 제시한 보상가는 보상이 중단되기 전인 2007년의 공시지가를 적용한 금액이었다. 주민들 입장에서 보자면 LH 공사가 한 마디로 '날로 먹으려는 심산'인 셈이었다. 화가 난 주민들은 당장 들고 일어났고, 보상을 재개하겠다는 공사의 말만 믿고 안심하던 나 또한 적잖이 당황했다.

주민들은 주민들대로 비대위를 구성했고, 나는 나대로 공사 측과 이 문제에 대해 협의를 시작하는 한편, 국무총리에게도 공식적인 항의를 하기로 결심했다. 만덕 5지구 보상 문제는 비단 그 지역만의 문제가 아니라, 그 당시 연기되어 있던 모든 다른 지역의 보상 가격에 영향을 미치는 선례로 작용할 수 있는 전국적인 문제였기 때문이었다.

박민식 의원 서민들, 특히 지방의 서민들의 주거환경과 관련해서 질문하겠습니다. 우리 정부 부동산정책, 쉽게 말하면 뭐라고 할 수 있습니까?

국무총리 김황식 의식주의 근간인 주거가 쾌적하게 또 여하튼 전·월세가 되었든 소유가 되었든 간에 안정적으로 주거를 활용할 수 있도록 이렇게 만드는 것이 정부의 기본정책이라고 볼 수 있겠습니다.

박민식 의원 쉽게 말해서 서민들이 싼 값에 좋은 주택을 구입하는 것, 이렇게 볼 수 있는 것 아니겠습니까?

국무총리 김황식 예.

박민식 의원 총리님, 서민들한테는 집이라는 것은 먹는 것과 입는 것과 달리 자기 인생 전체다 저는 이렇게 보는데, 어떻게 동의하십니까?

국무총리 김황식 예, 동의합니다.

박민식 의원 주거환경 개선사업이라고 혹시 아십니까?

국무총리 김황식 예.

박민식 의원 내용이 어떤 겁니까?

국무총리 김황식 아시다시피 지금 재개발사업이 있고요, 또 어떤 지역 단위로 해서 환경을 개선을 하는, 그래서 살기 좋은 주거환경을 만드는 그런 사업입니다.

박민식 의원 쉽게 말하면 저소득층 주민들의 열악한 주거환경 또 기반 시설을 개선하는 것이다.

국무총리 김황식 예.

박민식 의원 그런데 지방에 있는 많은 서민들은 LH 공사가 수도권 보금자리 주택사업에 쉽게 말해서 올인해 가지고 지방 주거환경 개선사업에는 상당히 소극적이다 이런 평가를 내리고 있는데, 어떻게 생각하십니까?

국무총리 김황식 아시다시피 주거환경사업에 대해서 LH가 관여하게 되는데 채무의 과중, 재무건전성 문제 때문에 많은 부분에 대해서 사업을 포기하거나 축소하거나 또는 뒤로 미루는 그런 조정이 필요했기 때문에 많은 지역의 사업이 차질을 빚고 그에 따라서 많은 주민들이 고통을 받고 있다 하는 것은 잘 알고 있습니다.

박민식 의원 화면 한번 보십시오. (영상자료를 보며) 여러 가지 주거환경 개선지구가 있습니다마는 예를 하나 들어 보겠습니다. 10년을 끌다가 보상이 막 이루어진 찰나입니다. 총리님, 그런데 서민들은 그 동안에 정부를 믿고 좀더 좋은 자기 집 갖기 위해서 비가 새고 마룻바닥이 내려앉아도 수리도 안 하고 10년 기다렸습니다. 그런 고통 이해하십니까?

국무총리 김황식 예, 이해합니다.

박민식 의원 그런데 예컨대 2008년도에 보상을 하겠다 공고까지 다 하고 통지서까지 다 나갔습니다. 그러다가 2년 반 지나서 이제 다시 보상을 합니다. 그런데 그 사이에 다른 아파트 값이 두 배로 올랐습니다. 그러면 그 주민들은 어디로 가야 됩니까? 이 보상금 받고는 갈 데가 없습니다. 주거환경 개선사업의 취지가 뭡니까? 그 주민들이 갔다가 환경 개선사업이 종료되면 다시 입주하는 것이 취지 아니겠습니까? 계획대로 보상을 안 해 놓으니까 그 사이에 집값이 두 배로 뛰어서 오도 가도 못 하는데 이것은 누가 책임을 져야 됩니까? 답변을 좀 해 주십시오.

국무총리 김황식 그와 같은 일이 생긴 것은 아까 말씀드린 바와 같이 LH 경영악화, 부동산 경기 위축 이런 것들이 원인이 되었지만 또 보상이 진행 중인 사업에 대해서는 조기에 보상을 완료하도록 하겠지만 그 보상이 변화된 사정에 비추어 보면 너무 적다 이런 지적이신 것 같은데, 그런 문제에 대해서는 LH 공사가 가능한 범위 내에서는 보상이 충실히 이루어질 수 있도록 노력을 하고, 또 보상, 아까 하남의 경우도 말씀을 드렸습니다마는 보상을 하는 쪽하고 받는 쪽의 사이에서 말하자면 접점이 찾아지지 않는다면 그것은 법적 절차로 해결될 수밖에 없는 그런 문제입니다.

박민식 의원 주민들은 아무 죄가 없는 겁니다. 그냥 LH 공사 내부의 사정 때문에 보상이 지연되어서…… (사진을 들어 보이며) 지금 이런 사진은 우리나라 곳곳에 이렇게 있습니다. 보면, 현수막 들고 재개발이다, 재건축이다, 주거환경 개선사업이다. 집 문제 때문에…… 정말 우리 사회의 큰 뇌관이 될 수 있습니다, 이것은. 어떻게 계속 그냥 뒷짐지고 가만히 계실 겁니까?

국무총리 김황식 제가 말씀드린 바와 같이 적정한 보상은 이루어져야 된다고 생각하고 그것은 원칙과 기준에 따라서 시행이 되는데 또 그와 관련해 가지고 아시다시피 LH 측에 어떤 부당하거나 불법한 행위가 있었으면 그에 대해서는 또 LH에서 응분의 책임을 져야 되고 그런 문제들이 지금 전국 곳곳에 산재해 있습니다.

그러한 노력에도 불구하고, 해결의 실마리는 보이지 않았다. 사태는 장기화됐다. 상황은 악화됐고, 성난 비대위 주민들의 화살은 나에게 돌아왔다. 나 또한 답답한 마음은 마찬가지였지만 쉽게 해결할 수 있는 문제가 아니었다. 이러지도 저러지도 못하는 사이에 나와 비대위 사이에 금이 가기 시작했다. 19대 선거 국면에서 상대 후보가 이러한 틈을 파고들었다. "그 동안 만덕 5지구를 위해 무엇을 했느냐?"는 식으로, 불화를 부추겼다. 여론은 악화되어 갔고, 항의의 시위는 높아졌다. 오해마저 겹쳐 급기야 물리적인 충돌 일보 직전까지 갔다. 선거 기간 내내 항의가 이어졌고, 그러한 갈등은 선거 결과에 그대로 투영됐다.

애초부터 외면하고 방치했다면 당연히 질책을 받아야겠지만, 해결의 실마리를 계속 찾아가던 차였기 때문에 억울했다. 솔직히 사람인지라 한 순간, '이렇게까지 나를 믿지 못하고 거부한다면 나로서도 그만 손을 떼야 하는 건가'라는 생각까지 들었다. 하지만 어차피 꼬인 실타래를 손에 쥐었다면 끝까지 풀어내는 게 나의 임무이자 도리였다. 게다가 대한민국이라는 나라에서 집은 서민들에게 인생 그 자체가 아니었던가. 피하고 외면할 문제도, 또 간단하게 해결될 문제도 아니었다. 그랬기 때문에 다시 그 분들과 머리를 맞대고 다시 해결책을 찾아 나서기 시작했고, 지금도 현재 진행형이다.

노후화 된 주택지역의 재개발, 재건축 등의 문제는 사실상 어느 한 지역만의 문제가 아니다. 서울을 비롯한 여러 도시에서 뉴타운 정책을 내놓기도 했지만, 확실한 성공이라 일컬어질 만한 예를 찾아보기가 힘들다. 누구나 대다수의 대한민국 국민들에게 집은 '삶의 전부'라는 점에서 동의하고 있지만, 정작 재산 즉 돈의 문제로만 생각하는 경향이 크다. 오랫동안 그 곳에 뿌리를 내리고 살아온 사람들과 공동체의 문화 등이 고려되지 않은 채, 단순히 주택 중심으로만 정책이 세워진다면, 이로 인한 갈등들은 해소되기 힘들다. 이제는 집이 아닌 사람이 중심이 되는 정책들이 수립되어야 한다.

이제는 집이 아닌 사람이 중심이 되는
정책들이 수립되어야 할 것이다.

공약의 실현 Ⅳ

만덕3터널

공약 실현 이야기를 하면서 빼놓을 수 없는 이야기가 만덕3
터널과 관련한 에피소드이다. 서부산과 동부산을 연결하는 기존 도로
들의 포화로 만덕터널 일대는 그야말로 부산 최대의 상습 정체구역으
로 악명을 떨치고 있었다. 이에 부산시는 1995년부터 만덕3터널을 도
시계획 시설로 지정하고 사업을 추진하기로 했다. 그때부터 만덕3터널
을 조속히 추진하겠다는 약속은 우리 지역의 역대 모든 국회의원과 구
청장들의 단골공약이었다. 나 또한 그랬다. 우선 사업추진을 위해 발
상의 전환부터 시작했다.

만덕3터널의 원래 이름은 초읍터널이었다. 이 터널의 한 쪽이 동래
구와 진구의 경계선인 초읍 지역, 그리고 나머지 한 쪽은 만덕동으로
통했기 때문에 붙여진 이름이었다. 초읍이라는 지역이 동래와 진구의
경계에 위치하다 보니 양쪽 지역 모두 터널에 대해서 그다지 관심을
두지 않았다. 만덕동을 비롯해 북구 지역 주민들에게 터널은 절실했

부산 최대의 상습 정체구역으로
악명을 떨치고 있던 만덕3터널의
20년 숙원사업 예산이
19대 국회 첫해에 거짓말처럼 배정됐다.

지만, 정작 초읍이라는 이름 탓에 이 지역 주민들조차 마치 자신의 지역과 동떨어진 어느 동네로 터널이 생기는 것으로 알고 있는 사람들이 의외로 많았다.

발상의 전환은 바로 이름을 바꾸는 것이었다. 만덕3터널로 이름을 바꾸고 나니 거짓말처럼 사람들이 더 많은 관심과 호응을 보내왔다. 이름을 바꾸면 인생도 바뀐다고 했나? 18대 국회에서부터 예산당국, 부산시 등과 협의하고 온갖 노력을 다했음에도 불구하고, 요원하게만 보였던 만덕3터널 예산은 19대 국회 첫해에 거짓말처럼 배정됐다. 재선이 된 지 얼마 되지 않았지만, 주위에서는 20년 숙원사업을 이뤘으니 이제 3선은 따 놓은 당상이라는 말이 심심치 않게 들렸다.

진짜 에피소드는 여기서부터 시작된다. 이러한 내용을 가볍게 생각하고 트위터에 올렸는데, 모 일간지 기자가 내 트위터의 글을 보고, "쪽지 예산 전리품처럼 자랑하는 의원들"이라는 제하(題下)의 기사에 내 글을 옮겨다 붙여 놨다. 순식간에 급조된 사업에 성과를 내기 위해 성급하고 무리하게 정부 예산을 끌어온 생각 없는 사람이 되어 버렸다. 다행스럽게도 부산 사람들이라면 워낙 그 동안의 사정을 잘 알고 있는지라 논란거리조차 되지는 않았지만, 씁쓸함에 쓴 웃음을 지을 수밖에 없었던 해프닝이었다.

19대 총선,
바꾸고 시작하자

—

　　2012년의 19대 총선은 20년 만에 대선과 함께 치러지는 선거인만큼, 선거의 열기는 2008년과는 비교할 수 없이 아주 뜨거웠다.

　　여당의 입장에서는 바로 직전에 치러진 2011년 10월 재보궐선거에서 야권연대에 패한 후, 박근혜 현 대통령을 비상대책위원장으로 하는 비대위가 구성된 상태였다. 비대위는 당시의 한나라당으로는 당장 목

전에 놓인 총선에서 이기기 힘들다는 판단 아래 당명과 로고색 등 외형적인 부분은 물론 당의 강령과 정책 방향 등까지 수정하였다. 공천에 있어서도 '하위 25% 컷오프', '서울 강남 지역 현역의원 전원 교체', '비례대표 의원 강세 지역 출마 배제' 등의 규칙 또한 도입했다. 한 마디로 변화와 쇄신만이 살 길이라 믿었고 강도 높게 추진해갔다.

2012년 2월, 한나라당이 새누리당으로 당명을 개정했다. 1997년 말, 신한국당과 민주당의 합당으로 태어난 지 14년여만의 일이었다. 당 로고는 물론 상징색도 함께 붉은 색으로 바꿨다. 광고인 출신 조동원 홍보기획본부장의 작품이었다. 비정치인 출신답게 한 마디로 파격이었다. 이름을 바꾸는 건 절차상으로도 어렵지만, 선뜻 쉽게 맘먹을 만한 일이 아니다. 색깔도 마찬가지다. 자칫 잘못하다가는 그 동안 쌓아온 '이름 값, 익숙한 이미지'를 한 순간에 잃을 수 있기 때문이다.

당명 개정과정에서 그러한 우려들이 쏟아져 나왔다. 절차상의 하자를 지적하는 것은 물론이고, 가치와 정체성이 없다는 비판, 자칫 희화화되고 비하될 수 있다는 우려가 있었다. 또한 현실적으로 선거를 목전에 둔 시기에 유권자에게 혼란을 줄 수도 있고, 그 동안 써오던 명함 및 부착물들을 교체하는 비용 또한 만만치 않다는 주장이 제기되었다.

나 또한 부정적이긴 마찬가지였다. 10년을 넘게 한나라당으로서 파란색을 써 왔는데, 이제 와서 갑자기 빨간색이라니 이해가 안 되는 것은 당연했다. 더욱이 변화와 쇄신이 필요한 것이지 이름과 색깔을 바꾼다고 해서 무슨 실익이 있을지, 오히려 불필요한 갈등만 불러일으키는 것 아닌지 우려스러웠기 때문이다.

바꾸자고 주장한 건 조동원 본부장이었지만, 정작 관철시킨 건 박근혜 당시 비대위원장이었다. "전문가의 말을 듣는 게 좋겠다."며 직접 나서 의원들과 당원들을 적극적으로 설득한 결과였다. 결과적으로 변화는 좋은 반응을 얻었고, 총선 승리, 대선 승리가 이어졌다. 결국 과감한 결단이 성공을 거둔 셈이다.

당시 당의 비상대책위원회가 꾸려진 배경에는 '변하지 않으면 죽을 수도 있다'는 절박함이 있었다. 그 당시는 한 마디로 살기 위해 변화를 약속했고, 바꿔 나갔다. 돌이켜 보면 당명이나 상징색의 교체는 그저 의지 표현 정도의 사소한 실천에 불과하다. 그 동안 우리 사회의 관행처럼 굳어왔던 것들을 들어내고, 고치는 일도 못할 바는 아니다. 마치 영원불변할 것들을 과감한 결단을 통해 바꿔냈듯이 변화는 확고한 의지와 분명히 맞닿아 있다.

니체는 말했다. "개선이란 무언가 좋지 않다고 느낄 수 있는 사람들에 의해서만 만들어질 수 있다."

19대 총선의 화약고, 낙동강 벨트

19대 총선은 내게 상당한 부담으로 다가왔다. 국회의원 박민식에 대한 유권자의 냉정한 첫 평가가 기다리고 있었기 때문이었다. 또한 총선 이후에 대선이라는 상황을 고려해 야당에서는 부산에서 지더라도 의미 있는 결과를 내고 싶어 했다.

부산의 사정은 예전같이 새누리당에 우호적이지 않았다. 지난 20여 년간 여당에 대한 지지를 보내왔음에도 불구하고, 그다지 개선된 것이 없다는 불만과 피로가 누적되어 있었고, 동남권 신공항 건립 백지화와 부산 저축은행 사태까지 겹쳐 그야말로 설상가상인 상황이었다. 서부산권의 상황은 더 좋지 않았다.

동부산권의 발전에 가려진 서부산권 주민들의 상대적 박탈감이 상당했다. 야당은 그런 점을 놓치지 않았다. 특히 대선 승리를 위해서는 부산을 반드시 공략해야 한다는 판단 아래, 상대적으로 여당이 취약한 서부산을 전략적인 공략지로 정했다. 그 결과, 사상에는 당시 민주당

대선 후보로 유력시 되던 문재인 후보를, 그리고 북강서을 지역에는 전 민주통합당 최고위원이자 영화배우로 높은 인지도를 자랑하는 문성근 후보를 전략 공천했다. 수도권을 제외하고 서부산권, 소위 낙동강 벨트는 19대 총선의 최대 격전 지역이 되어 버렸다. 새누리당 입장에서는 낙동강을 사수해야만 했고, 야당 입장에서는 반드시 빼앗아야만 했다.

사실 이전의 선거 같았으면, 부산은 당연히 우세 지역으로 분류가 되었을 것이고, 중앙당 차원에서의 지원유세도 거의 없을 터인데, 박근혜 당시 비대위원장이 선거 기간 동안 이례적으로 직접 네 차례나 방문을 했을 정도이니, 서부산이 격전지라는 데에는 다른 설명이 필요 없을 정도 아닌가.

선거운동은 치열했고 또 한편으로 쉽게 과열됐다. 그러다 보니 말도 안 되는 논란들까지 생겨났다. 그 중 하나가 바로 박근혜 비대위원장의 카퍼레이드 논란이었다. 우연치 않게 내가 평소 타고 다니던 승합차에 타게 된

박 비대위원장과 사상에서 출마한 손수조 후보가 수많은 인파의 박수와 연호에 잠시 자리에서 일어나 선루프로 몸을 빼서 화답한 걸 가지고 야당 측에서 선거법을 위반했다고 걸고넘어진 것이다.

미리부터 준비했다느니, 특수 개조차량을 빌렸다느니 그야말로 말도 안 되는 음모론이 난무했다. 심지어 내가 어느 회사, 어느 지점에서 어떤 차량을 렌트했다는 것까지, 즉 뒷조사까지 한 모양이었다. 결국 문제가 더 커지지 않고 일단락되기는 했지만 씁쓸했다.

유례없는 낙동강 전투의 열기는 내 얼굴마저도 불태워 버렸다. 공식 선거운동이 시작된 지 이틀 만에 사무실 인근에 부착되어 있던 선거벽보가 불에 타서 훼손이 되어 버린 것이다.

당시 비가 젖은 벽보를 태우려면 강력한 인화물질을 사용해야 하기 때문에 고의성이 있다는 것이 현장을 찾은 경찰의 설명이었다. 그게 사실이라면 현행 공직 선거법상에 2년 이하의 징역이나 400만 원 이하의 벌금을 부과하도록 되어 있는 일종의 중대 범죄였다. 선거 초반이라 말로는 "벽보야 교체해서 붙이면 그만"이라고 주위 사람들에게 말했지만, 마음은 편치 않았다. 앞으로 열흘 정도 더 남은 선거운동 기간 동안 어떤 더한 일이 생길까 걱정스러웠다.

선거는 다행스럽게도 승리로 끝났다. 하지만 새누리당은 18개 지역구 중에 서부산권에 속한 사상과 사하을 두 곳을 민주당에 넘겨줌으로써 부산이 더 이상 여당의 옥토(沃土)가 아니라는 것을 확인해야만 했다. 나 또한 18대 당시 격차가 18.7%p였던 것에 비해 19대 총선에서는

4.79%p의 격차로 어렵게 승리를 거뒀다.

　더불어 서부산과 맞닿아 있어 낙동강 벨트의 한 지역인 김해 지역도 민주당의 민홍철 의원이 현역이었던 김정권 의원을 제치고 당선됐다. 그 뿐이 아니다. 부산 전체를 놓고 보면 비례대표 투표에서 새누리당은 51.6%로 어렵사리 과반수를 넘긴 반면, 야권은 40.1%를 얻었다. 비록 새누리당이 승리를 했지만 야당의 집중적인 낙동강 공략이 주효했던 셈이고 유례없이 선전이었다.

이름을 불러주었을 때
그는 나에게로 와서
꽃이 되었다

꽃

_ 김춘수

내가 그의 이름을 불러주기 전에는
그는 다만
하나의 몸짓에 지나지 않았다.

내가 그의 이름을 불러주었을 때
그는 나에게로 와서
꽃이 되었다.

내가 그의 이름을 불러준 것처럼
나의 이 빛깔과 향기에 알맞은
누가 나의 이름을 불러다오.
그에게로 가서 나도
그의 꽃이 되고 싶다.

우리들은 모두
무엇이 되고 싶다.
너는 나에게 나는 너에게
잊혀지지 않는
하나의 눈짓이 되고 싶다.

좋아하는 시 중에서 김춘수 시인의 「꽃」이라는 유명한 시가 있다. 시에 담겨진 심오한 뜻이야 잘은 모르겠지만, 시의 구절 그대로 누군가에게 잊혀지지 않는 의미 있는 존재로 인정받으면서 살아가기를 원하는 내 마음에 참 잘 와 닿기 때문이다.

정치를 하는 사람의 입장에서 이름 석 자가 널리 알려지는 걸 마다할 일이 없으므로 누군가가 다가와서 "박민식 의원 아닙니까?" 하고 아는 척해 주는 것은 기분 좋은 일이다. 내가 기분 좋은 일이면 다른 사람도 좋지 않을까. 지역에서 자주 뵙고 좀 친하다 싶은 분들에게는 "제가 당신을 기억합니다."라는 간접적인 표현으로 "○○○여사님, ○○○어르신, 잘 지내셨지요?" 하고 굳이 이름을 넣어 안부를 물으면, 의외로 깜짝 놀라며 "이름까지 다 기억하고 있느냐."며 좋아하시는 분들이 많다. 그리고 혹여나 기억을 못하는 몇몇 분들은 "남들은 다 기억하면서, 난 기억 못하네."라고 삐친 내색을 감추지 않으신다.

'적극적인 친한 척'의 시작은 사람들을 불러내 이야기를 전하기보다는 현장에서 직접 부딪히고 소통해 보자는 의지에서 시작되었다. 언제, 어디에서 누구를 만날지 모르는 일이기 때문에 무모한 시도임에는 틀림없었지만, 실제로 막상 사람들을 만나도 준비가 되지 않은 상태에서 대화 나누기는 참 어려웠다. 그러다가 떠오르는 생각이 함께 사진 찍기였다.

지역을 돌아다니다가 주민 분들을 만나면, 어색한 분위기도 깰 겸, 함께 핸드폰으로 사진 찍기를 청하고 그 자리에서 바로 전송해 드리곤 했다. 제아무리 무뚝뚝한 분이라도 국회의원이라고 신분을 밝힌 후 이런 저런 얘기를 하다가 웃는 낯으로 친한 척, 사진 찍자고 하는데 어지간해서는 거절하지 않았다. 상대방이 마음의 문을 열면 자연스레 대화

누군가가 다가와서 "박민식 의원 아닙니까" 하고
아는 척해 주는 것은 기분 좋은 일이다.
내가 먼저 ○○○어르신, 잘 지내셨지요?" 하고
굳이 이름을 넣어 안부를 물으면
무척 좋아하시는 분들이 많다.

를 이어갈 수 있었다. 그렇게 만남을 가진 후에는 사진과 연락처를 반드시 저장해 두고, 짬날 때마다 메시지를 보내곤 했다. 의례적인 안부나 근황을 묻는 간단한 메시지들이었는데 한 분 한 분 성함을 적어 따로 보내드리니 의외로 반갑게 답을 해 주는 경우가 많다.

사실 사무실에서 보내는 의정활동보고라는 제목으로 의정활동을 안내하는 발송 문자에 대해서는 귀찮거나 짜증난다며 부정적인 반응을 보이셨던 분들도, 한 분 한 분씩 보내는 안부 문자에 대해서는 대부분 호의적이었다는 점에서 효과 만점이었고, 급기야 나만의 그러한 소통 방법이 신문에까지 소개되기도 했다.

> ### "어깨 힘 빼고 지역민과 스킨십"
>
> "○○여사님, 지난번 산행은 즐거웠습니다."
> "○○님, 아드님 이번에 취직했나요?"
> 부산 북·강서갑이 지역구인 한나라당 박민식 의원은 지난 주 호주 출장 중에 하루 네 시간씩 주민 수백 명에게 휴대폰 문자를 보냈다. '주민 여러분 잘 부탁드립니다.' 같은 형식적인 메시지가 아니라 받는 사람의 이름과 함께 안부, 근황 등을 꼼꼼하게 묻는 내용들이다.
> (중략)
> 박민식 의원 사례를 두고 부산의 한 의원은 "우리 지역구에도 적용해 보려 했지만 쉽지 않은 작업이었다."고 말했다.
> 박 의원은 관변 단체 등 기존에 만나던 인물보다는 쉽게 만나기 힘든 주민들과 스킨십하는 방법을 찾다가 생각한 아이디어라면서 "휴대폰에 저장된 지역민 이름만 5천 명이 넘는데, 서로 안부를 주고받다 보면 인적 네트워크가 형성돼 지역 사정을 좀더 알 수 있게 되었다."고 말했다.
>
> 2011년 8월 29일자 『부산일보』 기사 중

효과를 보고 나서는 모임이라든지, 행사 자리에 가기 전에 일부러라도 누가 참석할 것인지 가늠해, 그분들에 대해서 이름과 기본적인 정보 등을 외우는 습관을 들이기 시작했다. 처음에는 수많은 사람들을 다 기억할 수 없는지라 빼먹는 분들이 생겨 앞서 얘기했다시피 다소 서운해 하시는 분들도 계셨지만, 습관이 어느 정도 몸에 배인 지금은 최소한 두세 번을 본 분들이라면 거의 놓치지 않고 이름을 기억할 수 있게끔 되었고, 그렇게 친분을 쌓은 인원만 해도 어림잡아 5,000명이 훨씬 넘었다.

노하우와 데이터가 축적되었으니 써 먹는 것이 관건이었다. 특히 선거운동 기간 중에 이걸 어떻게 활용해야 하느냐는 고민이 찾아왔다. 한 명이라도 더 만나 표를 부탁해야 하고, 정신없이 뛰어다녀야 할 선거운동 기간 중에 평상시처럼 한 분 한 분 일일이 아는 척을 하며 느긋하게 대화를 이어갈 수는 없는 일이었다. 그렇다고 해서 또 소중하게 인연을 이어왔던 분들인데, 선거 때라고 못 본 척 소홀해서도 안 될 일이었다.

그때 마침 유세를 도와주던 여직원이 좋은 아이디어를 내놓았다. 유세차를 타고 돌다보면 아는 척 반가운 척 손을 흔들어 답해 주는 분들도 많이 계시다면서, 유세차를 타고 가다가 아는 얼굴을 만나면 오히려 내가 먼저 그들의 이름을 불러서 인사를 건네는 것이 좋을 것이라고 했다. 지역구의 가게에서 장사하시는 분들의 대다수는 아는 분들이니 가게 앞을 지날 때 "○○○가게 ○○○사장님, 안녕하세요?"라고 인사드리면 반가워해 줄 것 같았다.

실제로 해 보니 생각보다도 반응이 좋았다. 아예 반갑게 손을 흔들어 주시는 분이 있는가 하면, "박민식 파이팅" 하고 크게 외쳐 화답해 주시는 분들도 계셨다. 빡빡한 일정의 강행군 속에 지친 심신에 큰 힘이 되어 주었음은 물론 다시 한 번 기회를 주실 거라는 확신이 들었다.

중국 『사기(史記)』에 보면 "사위지기자사 여위열기자용(士爲知己者死 女爲悅己者容)"이라는 말이 나온다. 풀어보면 "선비는 자신을 알아주는 사람을 위해 죽고, 여자는 자신을 기쁘게 해 주는 사람을 위해 꾸민다."는 의미다. 인정받고 싶어 하는 마음, 누군가에게 특별한 의미가 되고 싶은 마음, 그리고 자신을 인정해 주는 사람에 대해 애정을 쏟는 것은 본능이다. 하지만 요즘과 같이 세상이 빠르게 변하는 시대를 살다보면 자신을 알아주는 사람에게 작은 감사조차 표현하지 못하고 지나갈 때가 많다. 가까이 있는 사람에게는 더욱 그렇다. 가까이 있으니 "인지상정(人之常情), 당연히 내 마음을 알겠지." 하고 넘겨짚고 지나가는 순간 나 자신도 언젠가는 잊혀지는 존재가 된다.

기왕 이름 이야기를 꺼냈으니, 국회에서 있었던 여담을 덧붙여 본다.

새 정부가 출범하면 늘 연례행사처럼 하는 일이 부처의 이름 바꾸기이다. 바뀐 이름을 보면 그 정부가 앞으로 5년 동안 어떤 부분에 집중을 하겠구나 알 수 있는 측면도 있지만, 너무 그 의미만 강조한 나머지 이름만 들어서는 도무지 이해할 수 없는 부처의 명칭들이 종종 생겨나곤 한다.

그 예가 지난 정부 당시 산업자원부에서 지식경제부로 바뀐 현 산업통상자원부다. 지경부로 이름을 바꾼 배경에는 당시 새로운 시대의 산업의 화두가 융합 또 지식기반 산업이라는 데 있었다. 취지는 좋은데 당최 사람들에게 그 이름을 이야기하면 "그게 도대체 무슨 일을 하는 부처냐?" 하는 물음으로 답이 돌아왔다. 장관에게도 "해외에서 부처의 명칭을 말하면 알아듣느냐?"고 물어보니, 해외에서도 'Ministry of Knowledge Economy' 하면 못 알아듣고는 결국 설명을 하면 "아, 그렇구나" 하고 알아듣는다고 답변해 왔다.

실제로 G20 국가의 부처 중 우리 지식경제부에 해당하는 부처의 영문 명칭을 조사해 보니, 주로 보면 'industry' 'economy' 'energy' 같은 단어들이 들어간 이름들을 쓰고 있었다. 우리처럼 'Knowledge Economy' 'Knowledge'가 있는 나라는 한 곳도 없었다.

오랫동안 사용된 이름이긴 하지만 정무위도 사실 어디 가서 설명하기 참 난감한 이름이다. 금융 관련, 공정거래 관련, 총리실 관련, 보훈처 관련 등 서로 상이한 업무를 다루는 부처에 대한 논의를 하는 위원회인지라 가끔 우스갯소리로 기타 등등 위원회라고 설명하며 그 배경을 이야기해 주곤 한다.

실제로 올해 초 한미경제연구소(KEI) 주최 세미나 관계로 미국을 방문해 윈디 커틀러 미 무역대표부(USTR) 대표를 만난 적이 있는데, 그 자리에서 정무위를 'etc. committee'로 소개하고 배경을 설명해 주었더니 동감하며 웃은 적이 있었다.

현 정부에서는 미래창조과학부라는 멋진 이름이 등장했다. '창조 경제'라는 주요 국정 목표에 대한 현 정부의 실현에 대한 강한 의지를 알기 때문에, 작명의 취지는 어느 정도 이해하지만, 과연 그 이름을 듣고 이게 무엇을 하는 부처인지 국민들이 알지 모르겠다. 5년이 지나면 분명 많은 국민들이 그 이름에 대해 이해할지 모르겠지만, 그때 과연 미래창조과학부가 그대로 불려질 수 있을까 확신이 서지 않는다.

앞에서도 언급했지만 이름이라는 것은 정체성의 상징물이기 전에 우선 상대방과 소통의 출발점이다. 너무 많은 의미를 담아내려다가 소통이 힘들어지는 경우가 있다. 어릴 적 노래처럼 부르던 장난 말 중에 "김 수한무 거북이와 두루미 삼천갑자"란 게 있다. 힘들 게 낳은 아이가 오랫동안 무병장수하기를 바라는 마음에서 지었다는 우스갯소리에서 나온 이름인데, 혹여나 몇 년 후에 이런 식의 이름이 부처에 등장하지 않을까 하는 말도 안 되는 걱정도 숨길 수는 없다.

이름에 너무 많은 의미를 담는 것도 문제지만, 우리나라 대다수의 행정구역 명칭처럼 아무런 의미 없이 편의에 의해 붙여놓은 이름들도 문제다. 우리나라 전역에 보면 아마도 가장 흔한 지역구 명칭이 동구, 서구, 남구, 중구, 북구 이런 이름들일 것이다. 대부분의 이런 명칭들은 일제강점기에 단순히 방위만을 따서 편의상 그렇게 정한 것들이다. 본디 고유의 명칭이 있었음에도 불구하고 그렇게 명칭을 획일화시킨 행정구역명에 지역의 특성과 역사성이 담길 리 만무하다. 일종의 역사의식을 없애고 민족정기를 말살하려는 의도가 아니었나 싶다.

지금이라도 옛 이름을 찾아 다시 고장의 이름을 붙여보는 것은 어떨까. 우리나라 곳곳을 가면 옛 지명만으로도 사연이 무궁무진한 곳이 많다. 그리고 그 이름을 풀어내는 것만으로도 이야기가 되고, 이는 곧 무형의 관광 자원이 되기 때문이다.

국회의원도
예능이 필요하다

▮▮▮▮▮▮▮

　　당연한 소리겠지만, 누군가에게 잊혀지지 않기 위해서는 우선 그 누군가가 나를 알아줘야 한다. 행사 때마다 가서 축사를 하고 얼굴을 내미는 이유 중 하나도 사실 누군가 나를 알아봐 줬으면 하는 이유에서다. 어지간해서는 의원실로 의뢰가 들어오는 인터뷰나 방송 출연 요청을 거절하지 않는 이유도 자신의 소신과 주장하는 바를 널리 알리려는 목적도 분명히 있겠지만, 기본적으로는 나 자신을 알리고, 알아줬으면 하는 바람에서임을 숨기고 싶지 않다.

　　지난 한 해 경제민주화, 정치쇄신 등의 주제가 이슈가 되다 보니 여러 매체들로부터 주목을 받았고, 자연스레 이곳저곳으로 많이 불려 다녔다. 하지만 가장 기억에 남는 것은 뜻밖의 요청으로 출연하게 된「적과의 동침」이라는 예능 프로그램이었다.

　　처음「적과의 동침」출연 요청을 받았을 때 망설일 수밖에 없었다. 그도 그럴 것이 매일같이 여야로 나뉘어 싸우던 국회의원들이 어느 순

〈적과의 동침〉에 출연하며
- 정치가 언제 국민에게 웃음을 준 적이 있었나.
정치를 가볍게 만든 게 잘못일 수 있지만,
국민들의 얼굴에 웃음은커녕 미소조차 한 번
제대로 주지 못한 잘못 또한 크다면 클 수 있는 것이다.

간 방송에 나와서 친한 척하고 희희낙락하는 모습이 시청자들에게 어떻게 비춰질지 예측이 전혀 되지 않았고, 애초부터 예능이라는 것에는 그다지 관심도, 남을 웃기는 재능도 없었기 때문이었다.

출연을 수락하게 된 결정적 계기는 프로그램의 MC를 맡게 된 유정현 전 의원의 적극적인 구애(?)때문이었다. "나름 친분이 있는 의원들이 출연하니 걱정하지 마라. 밑져야 본전이니 한 번 출연해 보고 안 해도 된다."는 유정현 전 의원의 꼬임수(?)에 그만 빠져들고 말았다. '한 번쯤은 괜찮겠지'라는 생각에 결국 출연을 수락했다.

첫 예능 출연은 내겐 그야말로 비상식적이었고 충격이었다. 우선 한 시간이 좀 넘는 프로그램을 만드는 데 장장 여섯 시간(후에는 세 시간으로 줄기는 했다)을 녹화한다는 점이 이해가 되지 않았다. 시사 프로그램이나 토론 프로그램을 가 보면 대부분 한 번에 녹화를 하기 때문에 다른 프로그램들도 모두 그런 줄로만 알았다.

촬영은 속된 말로 '노가다'였다. 사실 연예인이라는 직업에 대해 화려하고, 폼 난다는 선입견이 있었는데 '쉽지 않은 직업이었구나'라는 생각이 들 정도였다. 녹화 때는 분명 재미없는 이야기가, 막상 편집이 되어 방송에 나온 것을 보면 기가 막히게 재미있는 이야기로 둔갑해 있는 것도 신기했다. 마치 무(無)에서 유(有)를 창조한다고나 할까. 그 덕에 같은 학교, 같은 과 동기이자 동료 의원이었던 조윤선 현 여성가족부 장관에게는 미안한 일이지만 없던 로맨스도 만들어졌다.

마지막으로 충격이었던 것은 내가 정말 연예인을 모른다는 사실과 연예인들 또한 정치인, 심지어 자기 지역구 의원이나 국무총리에 대해 잘 알지 못한다는 사실이었다. 워낙에 바쁜 스케줄에 쫓겨 사는 분들이라 그럴 것이라 이해는 하지만 한편으로 그것이 지금 대한민국 정치의 현실이 아닐까라는 생각 또한 들었다.

아쉽게도 이 프로그램은 우여곡절 끝에 총 10회만을 방영한 채 폐지가 되었다. 국정원 댓글 사건 등의 여러 가지 문제로 여야 간 대립이 잦아지면서 정국이 경색되고 섭외가 힘들었기 때문이라는데, 아마 잘 웃기지 못하는 국회의원들 덕에 저조한 시청률도 폐지에 한몫 하지 않았나 미안한 생각이 든다.

처음에 많은 우려를 가졌던 것과는 달리 주위의 반응이 의외로 좋았다. 일단 시사 프로그램이나 뉴스에 비해 예능 프로그램이 갖는 편안함과 또한 그 동안 예능 프로그램에서 잘 보지 못했던 국회의원들이 나온다는 호기심 때문이라고나 할까. 많은 분들이 봐 주셨다. 심지어 구포시장에서 나물 파는 아주머니들까지 그 프로를 봤다며 친근감을 표시하기도 했다. 개인적으로는 나 자신을 알리고 싶었던 소기의 목적은 달성한 셈이다.

하지만 회를 거듭해 가는 동안 우려의 목소리도 컸다. 지지자들 사이에서도 이미지가 너무 가벼워지는 것 아니냐는 걱정이 있었고, 특히 언론에서는 이러한 국회의원의 예능 출연에 대해 "이미지 알리기에만 몰두한다. 또 한쪽에서는 편 갈라 싸우는데, 다른 한쪽은 놀고 있으니 이율배반적이다."라며 주로 부정적인 비판을 가해왔다. 그런 우려와 비판의 목소리, 맞는 말이고 옳은 지적이다. 실제로 그 프로그램에서 나는 국민의 무거운 뜻을 받들어야 하는 정치를 너무 가볍게 만드는 잘못을 범했던 것일 수도 있다.

하지만 생각해 보면 정치가 언제 국민에게 웃음을 준 적이 있었나. 정치를 가볍게 만든 게 잘못일 수 있지만, 국민들의 얼굴에 웃음은커녕 미소조차 한 번 제대로 주지 못한 잘못 또한 크다면 클 수 있는 것이다.

한편으로는 정치가 더 쉬워질 필요가 있다고 생각한다. 정치권이 이념, 주의, 구도, 프레임과 같이 일반 사람들은 잘 알아듣지도 못하는 그런 단어들을 섞어가며 거대담론들만 이야기해 나갈 때 국민들은 정치를 강 건너 불구경 하듯이 바라볼 수밖에 없고, 정치인은 외계인 취급 받는 것 아닌가.

1차 세계 대전 당시 독일군과 프랑스·영국군이 치열하게 대치하던 크리스마스 이브날, 독일군 진지에서 '고요한 밤 거룩한 밤'이란 노래가 잔잔히 울려 퍼졌고, 어느새 전쟁터는 아군과 적군을 가리지 않은 캐롤의 화음 속에 파묻혔다고 한다. 누가 먼저랄 것도 없이 모두 총을 내려놓고 전선의 한가운데서 만났고, 세 개 나라의 지휘관들은 그 날 하루만큼은 휴전하기로 결의를 했다고 한다.

우리 국회에도 사실 적은 아니지 않는가. 민생과 국민을 위해서라는 뜻은 같고, 방법상에 가치판단의 기준만이 다를 뿐이다. 무거운 주제를 벗어나 여야가 때로는 재미와 웃음을 만들어 내는 그런 여유를 가질 수 있다면 더 나은 결과를 만들어 낼 수 있지 않을까. 정치인의 예능 출연, 나쁘게만 보지 말아달라는 부탁을 하고 싶다.

18대 대선과
정치쇄신

▰▰▰▰▰

　　18대 대선은 정당에 소속되어 처음 치러보는 최초의 대선이자 최대 규모의 선거였다. 제아무리 내 선거를 두 번 치렀고, 지방선거까지 경험해 봤다고 한들 워낙에 쟁쟁한 선거 경험자들이 많았기 때문에 대선에서의 내 역할은 내 지역구를 건사하는 정도라고 생각했다.

　　또한 부산이 예전같이 여당에 우호적이지도 않고, 문재인 후보가 바로 옆 지역 의원이기도 했기 때문에 야당의 바람이 만만치 않으리라 예상된 점도 대선 기간 동안 지역에 천착하며 최선을 다하리라 일찌감치 마음을 먹은 이유였다.

　　하지만 정말 예상치 않게 대선기구인 정치쇄신특별위원회 위원이라는 중책을 맡게 됐다. 2012년 8월, 양당이 모두 본격적인 선거준비에 들어갈 채비를 꾸리는 가운데 당에서는 선대위 구성을 책임질 대선기획단, 공약수립을 맡을 국민행복특별위원회, 그리고 대선의 핵심화두인 정치쇄신의 방안을 모색할 정치쇄신특별위원회를 설치했다. 덧

붙여 설명하면 특위는 정치권의 부정부패 척결은 물론, 측근과 후보자 본인을 비롯한 친인척 관리 방안을 모색하고 새로운 정치비전을 제시하기 위한 기구였다. 위원장은 전 한나라당의 이른바 '차떼기 수사'를 맡았던 안대희 전 대법관이 맡았으며, 현역의원 중에는 내가 유일하게 참여했다.

특위는 정치권 전반에 걸쳐 문제시 되던 사안들에 대해 대부분 다뤘지만, 특히 측근 비리 근절과 검찰 개혁 그리고 국회의원의 특권 문제를 중점적으로 다뤘다.

권력은 늘 스스로를 경계하고 주의해야 한다. 하지만 안타깝게도 현실에서의 권력은 스스로 경계되지 못하고, 부여받지도 않은 권한을 남용함으로써 늘 외부로부터 비판 받아왔다. 그러면서도 권력 기관끼리는 줄곧 권한의 범위를 가지고 갈등을 거듭해 왔는데, 이는 마치 자석이 같은 극은 밀어내고, 다른 극은 더 가까이 하려는 것과도 같다.

즉, 유사한 권력들끼리는 범위를 가지고 갈등을 양산하고, 이질적인 권력끼리는 강한 쪽이 더 많이 가지려 하는 것인데, 그 자체가 권력이 갖는 당연한 속성이라고 할 수 있다.

하지만 본래 국가권력기관이라 함은 정권이나 특정인을 위하는 것이 아니라 국민을 위한 조직, 국민을 보호하는 울타리가 되고 봉사하는 조직이 되어야 한다. 그럼에도 불구하고 국민들은 보호받고 지킴을 받기보다는 권력으로부터 피해를 입고, 또 권력 간의 밀고 당김 사이에서 보호받지 못하고 점점 사각지대로 밀려나는 일들이 비일비재하다. 어느 특정 정권만의 문제가 아니다.

이렇듯 정치쇄신에 대한 국민적 요구는 늘 있어 왔지만, 18대 대선 전에는 그 어느 때보다 목소리가 컸다.

국회가 보여 준 볼썽사나운 모습 때문일 것이고, 그 즈음 연일 터져 나온 검찰 내부 비리 사건들이 국민의 목소리를 더 키우는 단초를 제공했을지도 모른다. 국민들은 자신을 지켜주지 못하고 스스로의 몸집만 키워가려는 권력에 대해 따가운 눈초리와 날선 비판을 쏟아냈고, 그런 국민적 요구가 극대화된 것이 2012년 대선의 주요 화두였던 권력기관에 대한 쇄신요구라고 볼 수 있다.

이미 언론에서 그리고 앞서 낸 책에서 정치쇄신안에 대해 충분히 정보를 제공하고 있으므로 굳이 '어떤 논의가 어떻게 진행이 되었고, 부족한 부분이 무엇이다'라는 세세한 설명과 비판을 다는 것은 불필요하다는 생각이 들어 생략했다.

대신 당내의 그리고 대선 이후 국회 차원의 정치쇄신특위, 두 곳 모두에서 참여했던 사람으로서 당시 다뤘던 의제들 중 아직 제대로 제도화되지 않았거나 만족할 만한 결과물을 도출해 내지 못한 부분에 대해

정치쇄신에 대한 국민적 요구는 늘 있어 왔지만,
18대 대선 전에는 그 어느 때보다 목소리가 컸다.
국회 차원의 정치쇄신특위에 참여했던 사람으로서
당시 다뤘던 의제들 중 아직 제대로 제도화되지 않았거나
만족할 만한 결과물을 도출해 내지 못한 부분에 대해서는
여전히 무거운 책임감을 느끼고 있음을 고백한다.

서는 여전히 무거운 책임감을 느끼고 있음을 고백한다.

그리고 또 한 가지 속마음을 드러낸다면, 정치쇄신이란 앞으로 10년, 20년을 넘어 정치라는 게 지구상에 존재하는 한, 늘 필요한 것일지 모른다는 것이다. 아무리 좋은 칼이라도 쓰다 보면 무뎌지고, 날을 갈다갈다 결국에는 바꿔야 하는 것처럼, 사회가 변하고 인식이 변하면 정치도 변해야 할 것이고 그때마다 변화는 필요할 것이다.

하지만 변화를 요구하는 쪽은 기존의 것을 유지하고자 하는 쪽에 비해 늘 처음에는 소수일 수밖에 없다. 그러므로 정치의 변화가 필요하다면 무조건 비난만 하고 내버려 둘 것이 아니라, 앞장 서는 사람들에게 힘과 용기를 실어 줬으면 하는 바람이다.

권력쇄신,
검찰도 문제지만
검찰 정치도 문제

▬▬▬▬

　　대선과정에서 있었던 쇄신논의들 중 검찰개혁은 중요한 핵심 중 하나였다. 개인적으로 검찰개혁에 대해 이야기하기는 편하지 않다. 10여 년을 검찰에 몸담아 왔고, 솔직히 내 자신이 검사였다는 사실을 자랑스럽게 여겨왔기 때문이다. 그런 가운데 소위 친정을 향한 손가락질이 마음 편할 리 만무하다. 대선 기간 동안 연이은 비리들 그리고 불과 얼마 전 일어난 해결사 검사 논란까지, 개인적인 일탈행위일 뿐이고 분명 일선의 수많은 검사들과는 무관한 일이라고도 볼 수 있다. 하지만 전체적인 검찰의 조직문화도 냉정하게 짚어볼 필요가 있다. 사법시험에 합격하고 30대 초중반의 나이가 되면 자신의 의지와는 상관없이 '센 사람을 손볼 수 있다'는 오만함으로 자기성찰이 부족해질 때가 있다. 상대에게는 춘풍처럼, 스스로에게는 추상처럼 대해야 하지만, 자칫 자신은 늘 옳다는 자만심에 빠지게 되면 스스로에게는 관대해지고, 결국 부여받은 권력에 대한 두려움과 무게를 잊게 된다. 그것이 오늘날 검찰이 국민들로부터 손가락질 받게 된 이유다.

검찰은 명예와 위신에 손상을 입었고, 또 중수부라는 상징적 조직마저도 잃었다. 그럼에도 불구하고, 사회정의를 위해서 검찰은 반드시 필요한 존재이다. 앞서도 말했다시피 검찰의 대부분은 묵묵히 일하는 사람들이다. 그러므로 스스로 시스템을 개선케 하고, 정치권 등에서는 적절한 견제를 통해 중립성과 객관성이 유지되도록 해야 한다.

하지만 대부분, 특히 정치권에서는 그러한 노력보다는 검찰의 일거수일투족을 제 입맛에 맞게만 해석하고 이용하려 든다. 대선 당시 문재인 후보는 자신이 민정수석 시절 검찰이 국민에게 가장 신뢰를 받았다고 한 적이 있었다. 검찰은 늘 똑같은데, 정치권은 늘 야당이 되면 검찰을 잡으려는 '검찰정치'를 하려 든다. 현재의 검찰을 두고 민주당은 '정치검찰'이라고 손가락질 하지만, 김대중·노무현 정부 때는 지금의 새누리당인 한나라당 또한 '정치검찰'이라며 검찰을 비난한 적 있다. 물론 정치권의 눈치를 보는 '정치검찰'은 반드시 솎아내야 한다. 하지만 그것 못지않게 사회정의 실현에 힘써야 할 검찰을 제 입맛에 맞게 제단하고 길들이려는 여의도의 '검찰정치' 또한 문제다.

결국 검찰이 신뢰받기 위한 길은 스스로 구성원인 검사의 자격을 강도 높게 심사하고 징계하는 시스템을 만드는 길뿐이다. 퇴출되는 검사가 나오더라도 중간평가를 통해 높은 수준의 도덕성과 청렴성을 확보해 나가야 한다. 권력을 자신의 밥그릇쯤으로 생각하는 자세도 바꿔야 한다. 그러기 위해서는 이제는 사사건건 경찰 등과 부딪힐 게 아니라 사정기관 간의 업무 조정도 필요하다. 검찰은 특수기업이나 재벌, 공직자 등의 수사에 집중하고, '업절폭(업무상 과실치상, 절도, 폭력)' 등의 사건은 경찰에게 맡기는 식으로 선택과 집중의 배분도 필요하다는 의미다.

박근혜를
살려 주이소

―

　　정치쇄신특위를 마무리하고, 본격적인 선거를 위해 여의도
에서 북구로 내려왔다. 시당 등에서 중책을 맡아 전략을 짜는 등 큰 흐
름을 만들어 가는 것도 중요하지만, 내 선거 때도 그랬고 나는 현장에
서 직접 발로 뛰며, 목청을 돋우는 게 더 적성에 맞았기 때문에 공식
선거 기간 내내 지역을 누볐다. 추운 겨울, 유세차를 타고 두세 시간
정도 구포, 덕천, 만덕을 누비다 보면 손과 발은 모두 꽁꽁 얼어붙고,
얼굴이 얼얼했다. 아침저녁 출퇴근길에 짙게 썬팅된 창문 너머로 보이
는지 안 보이는지 모르지만 운전자들에게 열심히 허리 굽혀 인사를 하
고 나면 허리가 쑤시고, 또 이어폰을 끼고 오가는 사람들에게 인사를
건넬 때면 목소리는 높아져만 가서 목이 쉬기 십상이었다.
　　하지만 익숙해진다고 할까, 아니면 몸이 상황을 받아들였다고 할
까. 부산에 보기 드문 함박눈이 내리는 날, 유세차에서 마이크를 잡고
목청을 돋우는데 묘한 카타르시스가 느껴졌다.

아마도 의원들 중에서도 젊은 축에 속하고 체력 또한 자신이 있었기 때문에 가능한 일이었을 것이다. 게다가 솔직히 신문이나 TV를 보면서 하루하루 선거 상황에 신경을 쓰는 것보다 밖에 나가 돌아다니며, 사람들을 만나는 게 마음도 편하고, 믿음도 차곡차곡 쌓이는 느낌이었다. 더군다나 구포대교 끝자락에서 제대로 얼굴 한번 보지 못한 후보를 위해 나 한 사람만을 믿고, 어둠이 내리는 걸 아는지 모르는지 저녁 무렵까지 열심히 선거운동을 하시는 분들을 보고 있자면 내 한몸 힘든 것은 아무것도 아니라는 생각이 들 수밖에 없었다.

선거를 보름 하고도 이틀 정도 남긴 12월 2일, 사무실로 비보가 날아들었다. 후보의 강원 지역 유세를 수행하기 위해 이동 중이던 이춘상 보좌관 등 일행이 교통사고로 인해 변을 당하게 된 것이다. 개인적으로 가까운 사이는 아니었지만, 박근혜 후보의 국회의원 당시 사무실이 내 사무실 바로 앞에 있었던 터라 오가며 인사 정도는 나누며 안면이 익었기 때문에 아는 사람이 죽은 것같이 충격이 컸다.

마음 같아서는 조문이라도 하고 싶었다. 하지만 조문을 빌미로 자리를 비우는 것이 현장에서 최선을 다하다가 돌아가신 고인에 대한 예의가 아니라는 생각이 들었다. 그 날은 "박근혜 잘 부탁드립니다" "박근혜를 살려 주이소"라며 그 어느 날보다 더 목청을 돋우고, 적극적으로 인사를 청했다. 사실 선거운동을 한다고 해서 모든 사람이 후보를 만날 수도, 후보로부터 따뜻한 말 한 마디 건네 들을 수 있는 것은 아니다. 그럼에도 불구하고 박근혜 후보를 위해 사람들이 열심히 뛰었고, 결국 대통령의 자리에 올려놓을 수 있었던 데에는 기대와 믿음 그리고 본인의 신념을 바탕으로 한 헌신이 있기 때문이다.

경제민주화가
밥 먹여 주나

▊▊▊▊▊▊▊

2012년은 대선을 목전에 둔만큼 상임위에서 여야 간 공방이 치열할 것으로 예상됐다. 그렇기 때문에 각 당의 원내 지도부에서는 쟁점 간 충돌을 예상하면서 상임위 위원을 구성했다. 당에서는 내가 금융에 대해 거의 문외한에 가까운 상태인 것을 아는지 모르는지 나의 능력을 높이 평가해 정무위 법안심사 소위원장을 겸한 간사를 맡겼다.

원래 지식경제위원회(現 산업통상자원위원회)를 희망했던 내가 정무위원회로 가게 된 까닭이다. 전문성 측면에서도 그렇지만, 사실 당시의 정무위는 저축은행 사태, 총리실 사찰 문제 등 자칫 잘못하면 대선의 주요 쟁점으로 비화될 만한 현안들이 산적해 있었기 때문에 잘 해낼 수 있을까 걱정이 앞섰다. 대선을 전쟁으로 비유하자면, 정무위는 일촉즉발의 위기감이 팽팽하게 감도는 최전선이었다. 그리고 내게 주어진 임무는 여당 간사로서 현안들이 심각한 정쟁의 불길로 번지지 않도록 협상하고 관리해 내는 것이었다. 다행스럽게도 대선이 한창이던 2012년

한 해, 여야 간의 큰 충돌 없이 정무위는 원만히 진행될 수 있었다.

2012년 대선은 박근혜 후보의 승리로 마무리되었다. 하지만 대선이 끝난 뒤, 정무위에는 더 큰 현안이 기다리고 있었다. 바로 명실상부하게 대선의 주요 화두였던 경제민주화의 실현이었다. 본격적으로 안건을 심사하기도 전부터 각계각층에서 말들이 나왔다. '경제민주화가 밥 먹여 주나', 한쪽은 과하다는 우려의 표시로, 또 다른 한쪽은 진짜 제대로 될까라는 의미로 정치권에 물어온 것이다. 결국 적당히 해서는 그야말로 양쪽 모두로부터 욕을 먹어야 하는 상황에서 경제민주화에 대한 본격적인 논의가 시작되었다.

대한민국 헌법 제119조 2항 국가는 균형 있는 국민 경제의 성장 및 안정과 적정한 소득의 분배를 유지하고, 시장의 지배와 경제력의 남용을 방지하며, 경제 주체간의 조화를 통한 경제의 민주화를 위하여 경제에 관한 규제와 조정을 할 수 있다.

새누리당 박민식, '경제민주화법' 산파로 '시선집중'

정원석 기자 lllp@chosun.com
입력 : 2013.04.18 17:25

"외부에서 누가 이러쿵저러쿵하는데 전혀 개의치 않습니다. 또 누가 속도조절론 거론하는지 모르겠습니다만, 전혀 위축되지 않습니다. 믿어보시라고 저는 확실히 말씀드리고 싶습니다."

18일 MBC라디오 '손석희의 시선집중'에 출연한 새누리당 박민식 의원은 이같이 말하며 인터뷰를 끝맺었다. 국회 정무위원회 여당 간사를 맡고 있는 박 의원은 요새 300명의 국회의원 중 가장 '핫(hot)'한 인물 중 하나다. 정무위 법안심사소위 위원장을 겸하고 있는 그는 경제민주화 법안 입법을 진두지휘하고 있다. 일감 몰아주기 등 대기업 부당 내부거래 규제 법안이 경제민주화 입법의 핵심으로 부각된 이후 그는 뉴스의 중심에 서 있다. 박 의원은 이날 인터뷰에서 여당 일각의 경제민주화 속도조절론과 상관없이 경제민주화 입법을 꾸준히 추진하겠다는 의지를 보였다.

박 의원은 부산 북·강서갑 지역구 출신의 재선 의원이다. 18대 국회에서는 당 쇄신파 모임인 민본21에 적극적으로 참여했었고, 19대 국회에서도 경제민주화실천 모임 등에 속한 대표적인 소장파 의원으로 분류된다. 18대 국회에서 민본21 활동을 함께 한 어느 의원은 그를 두고 "영혼이 맑은 사람"이라고 했다. 특수통 검사 출신인 박 의원은 법조브로커 김홍수 사건을 수사하며 법조계 선배인 조관행 전 부장판사와 검찰 3년 후배인 김영광 전 검사를 구속했다. 국정원 도청사건을 수사 할 때는 임동원, 신건 전 국정원장을 구속 기소하기도 했다. 그는 외무고시에 합격해 외교부 사무관으로 근무하던 중에 사법고시에 합격해 검사로 임용된 독특한 이력을 가지고 있기도 하다.

그는 전날 새누리당 기재위 정무위 의원들과 박근혜 대통령의 오찬 회동에서 "(박 대통령이)성공한 대통령이 돼야 한다. 이를 위해서 당에서도 용기와 신념을 가지고 적극 뒷받침해야 하고 또 때로는 가감없이 쓴소리를 할 것이다. 대통령께서도 이해를 해달라"고 말했다고 자신의 페이스북에 소개했다.

박 의원은 19대 국회에서 경제민주화 논의가 입법활동으로 전개되는 과정에서 주도적인 역할을 했다. 지난해 국회 정무위 국정감사의 출석요구를 무시했다는 이유로 최근 벌금 1000만원과 1500만원을 선고받은 정지선 현대백화점 부회장과 정용진 신세계 부회장을 고발하는 과정을 주도했다. 지난 9일 정무위 법안심사소위에서 연소득 5억원 이상 대기업 등기임원들의 연봉을 공개하는 법안과 부당하게 납품 단가를 내리는 등 하도급법을 위반한 대기업에게 징벌적 손해배상을 요구할 수 있도록 한 법안을 처리할 때도 일부 의원들이 표결을 요구하며 반대했음에도 법안 의결을 밀어붙이는 뚝심을 발휘했다.

최근 경제민주화 법안의 최전선은 일감 몰아주기 등 부당 내부거래 규제 법안이다. 이에 대해 재계에서는 계열사 간 내부거래를 모두 금지하는 과도한 규제라며 반발하고 있다. 이같은 재계의 주장은 박근혜 대통령이 최근 "대기업을 옥죄고 때리고 이런 것은 경제민주화가 아니다"라는 발언을 한 이후 더욱 증폭되고 있다. 여당 일각에서는 경제민주화 속도조절론이 나오기도 한다. 박 의원은 이에 대해 "언론보도를 보면 대기업쪽에서 '국회가 내부거래 전부를 일감 몰아주기로 간주한다'고 하면서 문제를 삼고 있는데, 이렇게 말하는 것은 저는 전혀 사실이 아니고 사실을 호도하는 것"이라고 못박았다.

현재 정무위 법안소위에는 ▲총수 일가 지분이 30%가 넘는 계열사간 거래를 일감 몰아주기로 규정하는 법안 ▲일감 몰아주기에 관여한 총수 개인에게 과징금을 부과할 수 있도록 하는 법안 ▲일감 몰아주기를 주도한 재벌 총수에 대한 최고 징역 형량을 2년 이하에서 3년 이하로 높이는 법안 ▲경쟁제한성이 없다고 하더라도 부당 지원 혐의가 입증되면 일감 몰아주기로 처벌할 수 있도록 한 법안 등이 올라와 있다. 현행 법보다 일감 몰아주기를 폭넓게 적용해서 대기업 총수 일가로 인한 경제력 집중을 완화하자는 게 주요 골자다.

국회 정무위 법안심사 소위는 오는 19일과 22일 일감 몰아주기에 관련한 대기업과 중소기업, 학계 관계자를 불러 간담회를 열 계획이다. 기업 현장과 각계 전문가들의 의견을 들어 이견을 좁혀보겠다는 의도에서 나온 조치다. 박 의원은 "법안 심사 소위원장으로서 먼저 예단을 갖고 이야기하는 건 부적절하지만 이쪽저쪽의 목소리를 충분히 들어서 차분하게 심사를 하겠다"고 말했다. 경제민주화 법안의 산파 역할을 맡은 박 의원이 어떤 작품을 만들지 여의도 정치권의 이목이 집중돼 있다.

2013년 4월 한 달을 한 마디로 표현해 본다면 이 말을 하고 싶다. "어느 날 자고 일어나니 스타가 되었더라." 경제민주화법이 정무위 법안소위에서 논의되기 시작한 4월부터 5월 말까지 내 이름이 거론된 신문기사만 해도 어림잡아 100개는 넘는 것 같았다. 오죽하면 어느 신문에서는 "국회 정무위원회 여당 간사를 맡고 있는 박 의원은 요새 300명의 국회의원 중 가장 '핫(hot)'한 인물 중 하나"라고 표현해 놓았을까? 사실 싫지 않은 말이다. 하지만 그만큼 부담이 되는 일이기도 하다.

경제민주화는 지난 대선국면에서 여야 할 것 없이 공약으로 내세웠던 이슈였다. 그만큼 중요하고 국민적 기대감 또한 큰 사안이었다. 대선은 끝났고, 그 실천만이 남아 있는데 결국 그 결과물의 성과는 법안으로써 평가된다.

4월, 대기업 상장회사의 임원 연봉을 공개하는 것을 골자로 하는 일명 연봉 공개법, 그리고 징벌적 손해배상의 범위의 강화를 골자로 하는 하도급법 개정안을 정무위 법안심사소위에서 통과시켰다.

아마도 국민들이 가장 관심을 가지는 내용은 아무래도 이해가 쉬운 연봉 공개법일 것이다. 연봉 공개법은 상장회사 등기임원의 연봉을 사업보고서에 공개하기로 하는 내용으로 이에 따라 5억 이상의 보수를 받는 등기임원의 경우 임원 개인별 보수와 구체적인 산정 기준 등이 모두 드러나게 됐다. 현재까지는 임원 보수 총액만 공개된 데 반해 앞으로는 개개 임원의 보수 내역이 공개된다는 점에서 차이가 있다.

재계 등에서는 개인의 프라이버시가 침해되고 노사 갈등을 비롯해 상대적 박탈감을 키울 수 있다고 우려하고 있다. 하지만 내 생각은 다르다. 임원별 보수는 경영성과와 연계돼야 한다. 주주와 투자자들은 이에 대해 명확히 알고 보수 지급액을 판단하고 결정할 권리와 의무가 있다. 즉 임원의 보수 기준은 기업 경영주에 대한 충성도가 아닌 회사에 대한 객관적인 공헌도에 맞춰져야 한다. 이런 차원에서 미국·영국·일본 등에서는 이미 임원별 보수 공개가 이루어지고 있다.

연봉 공개보다도 더 큰 변화는 하도급법상 징벌적 손해배상의 대상을 확대한 것이다. 이것은 경제민주화의 상징이라고 할 수 있다. 우리 사회는 자본주의이기 때문에 자유 경쟁 뭐 이런 논리가 지배한다. 그동안 대기업과 중소기업이든 누구 간의 거래든 손해가 100만큼 발생했다고 하면 100만 갚아주면 되는 것이다. 그런데 하도급에서 징벌적 손해배상의 범위를 확대한 것은 외형적 측면에서는 100의 손해를 입혔지만 겉만 봐서는 안 된다. 힘의 차이가 큰 상태에서 발생한 것이기 때문에 이 경우에는 페널티, 일종의 징벌을 부여해야 한다. 단순한 손해배상에 최대 3배까지의 징벌적 비용을 추가해야 한다는 것이 징벌적 손해배상이라는 것이다. 보통 당연히 그게 무슨 대수냐고 생각할 수 있지만, 법적으로 봐서는 우리 민법체계, 아까 말씀드린 자유, 자본주의만 관철하는 민법체계에서는 중대한 수정이라고 할 수 있다. 그런 것은 제가 볼 때는 앞으로 우리 기업의 거래문화에 상당한 변화를 야기시킬 수 있는 시초가 될 수 있을 거라고 생각한다.

지난 4월에 그렇게 통과시킨 연봉 공개법, 하도급법, 그리고 24시간 편의점의 영업시간 강요를 금지시킨 프랜차이즈법은 어떻게 보면 본격적인 경제민주화법들을 통과시키기 시작에 불과했다. 정작 중요한 일감 몰아주기라는 내부거래의 개선, 그리고 지배와 소유구조의 문제, 이 두 가지가 경제민주화의 성패를 좌우하는 것이 남아있었다.

그 즈음 재계를 비롯한 사회 여러 곳에서 논란이 일어나기 시작했다. 그 시작은 박 대통령이 회의석상에서 "경제민주화 관련해서 상임

정당한 대가 받는 사회 선도할 것

2011년 초 이대호 선수의 연봉 협상을 놓고 야구팬들 사이에 갑론을박이 벌어졌다. 구단 측이 제시한 연봉이 사상 첫 타격 7관왕과 9경기 연속 홈런 세계신기록을 달성한 선수에게 걸맞지 않게 적다는 게 팬들의 주장이었다. 결국 연봉 협상은 결렬됐고 조정신청을 받은 한국야구위원회(KBO)는 구단의 손을 들어줬지만 팬들이나 언론은 이대호 선수의 손을 들어줬다.

반면 LG 투수 박명환은 연봉 5억 원에서 5000만 원으로 대폭 삭감됐지만 곤두박질친 성적에 따른 연봉 삭감이었기 때문에 팬들도 언론도 이의를 제기하지 않았다.

같은 해 9월 미국의 금융 중심가 월스트리트에서는 '월가를 점령하라' 시위가 연일 이어지고 있었다. 당시 시위대의 주장 중 대부분은 금융위기를 초래한 금융회사 임원들의 탐욕과 이를 대변하는 정치권에 대한 비난이었다. 실제 스탠리 오닐 전 메릴린치 회장은 대규모 손실 책임을 지고 물러나면서도 1억6,000만 달러의 퇴직금을 챙겼다. 켄 루이스 BoA 최고경영자(CEO)도 재임 기간에 정부 구제금융을 지원받았지만 7,200만 달러의 보상을 받고 회사를 떠났다.

얼마 전 국회정무위에서 연봉 5억 원 범위 내 대통령령에서 정하는 금액 이상을 받는 등기임원별 보수를 공시항목에 포함시키는 것을 골자로 하는 자본시장법안이 통과됐다. 법이 통과되자마자 재계를 비롯한 일부에서 "왜 국가가 내 지갑을 들여다보나" "여론 재판하는 거냐" 등 과도한 간섭이라는 우려의 목소리가 나오고 있다. 성과에 걸맞은 보수 지급이 이뤄지지 않으면 기업가 정신을 위축시켜 기업 경쟁력이 약화될 수 있다거나 회사 내 위화감을 조성한다는 등이 주된 논리다. 일각에서는 정치권이 연봉 공개를 밀어붙이는 의도를 의심한다. 물론 유난히 평등의식이 강한 우리 사회에서 이런 우려를 기우라고 치부하기도 어려울 것이다.

법안을 심도 있게 검토하고 의결한 법안소위 위원장으로서 진정 안타까운 건 개정안의 핵심이 보수 산정의 방법과 기준을 공시하고 있음에도 불구하고 마치 보수 공개가 모든 것인 양 알려지고 있다는 점이다.

임원별 보수는 경영성과와 연계돼야 한다. 주주와 투자자들은 이에 대해 명확히 알고 보수 지급액을 판단하며 결정할 권리와 의무가 있다. 즉 임원의 보수 기준은 기업 경영주에 대한 충성도가 아닌, 회사에 대한 객관적인 공헌도에 맞춰져야 한다는 것이다. 이런 이유로 미국 영국 일본 등에서 이미 임원별 보수 공개가 이뤄지고 있다. 물론 각 나라의 특성에 따라 제도적 절차 등에 차이는 있지만 그 의의는 다를 바 없다.

이대호 선수의 사례와 같이 우리 국민의 수준이 단지 임원 보수의 규모만 따질 정도로 낮지 않다. 얼마가 됐든 그 보수를 지급한 사유가 정당하다면 비난의 목소리가 크지 않을 것이다. 연봉 규모보다 그에 부합한 경영능력이 있느냐가 더 중요하기 때문이다.

어느 정책이든 순기능과 역기능이 상존한다. 특히 임원 보수 공개는 이제 시작이다. 해 보지도 않고 막연한 반대 논리만을 내세우기보다 임원 스스로가 회사에 기여한 바를 제시하고 정당한 대가를 요구하는 게 당당한 모습 아닌가. 있는 자가 베푸는 시혜적 사회공헌보다는 정당한 능력에 대해 정당한 대가가 보장된다는 것을 보여 주는 게 이제 막 사회에 나온 젊은이들에게 꿈과 희망을 심어 주리라고 생각한다.

2013년 4월 27일 『중앙일보』 기고문 중

위 차원이기는 하겠지만 공약 내용이 아닌 것도 포함돼 있다."며 "여야 간에 주고받는 과정에서 그렇게 된 것 같은데, 무리한 것은 아닌지 걱정이 된다."고 말한 것에서 출발했다. 일각에서는 이를 속도조절론으로 해석했지만, 동의하지 않는다.

공약에 포함됐다고 해서 또 국민한테 100% 다 실천해야 된다고 하는 것은 당위적인 것이고 정치뿐만 아니라 경제적·사회적 변화를 고려한다면 바뀔 수도 있는 것이고, 그에 적합하게 바뀌는 것이 당연한 것이다. 물론 당연히 공약을 무겁게 받아들이고 그 부분에 대해서 특별한 사정 변경이 없는 한 실천하도록 노력한다. 하지만 공약에 포함되지 않았다고 해서 그것을 남겨두고 있어야 하느냐, 그건 아니라고 본다. 국민들의 갈증이 남아있다면, 그 당시 상황에서 공약에 포함되지 않았다고 해도 추구해야 할 가치만 일맥상통한다면 당연히 그것은 해야 한다. 다시 말하지만, 공약이라는 것이 집권당 소속 국회의원이므로 중요한 참고사항임에는 맞다. 그러나 그것이 마치 뭔가 바뀔 수 없는 가이드라인이다. 넘어서도 안 되고 바뀌어서도 안 된다는 것에는 동의할 수 없는 것이다.

물론 문제를 바라보는 시각이 다를 수 있다. 또 같은 당이라고 해서 쟁점에 대해서 같은 생각을 가질 수는 없다. 다양한 의견이 있는 것은 자연스러운 것이고, 또 여야를 떠나 이견에 대해서 충분하게 토의하는 것이 민주적인 법안심사 과정이다. 다만 제대로 논의가 되지 않은 내용들을 미리 예단하고 몰아가는 것은 단순한 해석을 넘어선 특정한 의도를 가진 왜곡과 호도로밖에 볼 수 없다. 있지도 않은 사실을 덧칠해서 과장된 공포를 조성하는 것은 법안을 심사하는 데 압력을 행사하는 것으로밖에 볼 수 없는 것이다.

그 대표적인 예가 바로 일감 몰아주기 방지 법안의 자기책임입증과 30% 룰이다. 법안발의는 개별 국회의원의 고유권한이다. 그렇기 때문에 다양한 법안들이 쏟아져 나오고 있고, 그 내용이 무엇인지는 심사에 들어가 봐야 정확히 알 수 있는 게 대부분이다. 그런 여러 가지 내용 중에서 핀셋으로 뽑아내듯이 뽑아낸 게 자기책임입증과 30% 룰이고 그것을 마치 그렇게 되는 것처럼 문제 삼은 것이다. 법치주의 원리에 따르면 그 입증은 검찰이든 공정위든 수사기관이든 집행기관 행정기관에서 해야 하는 것이고, 못하면 무죄추정이다.

사실상 자기책임입증은 법치원리에 맞지 않기 때문에 법안으로 발의되었어도 반영하기가 어려운 것이다. 또한 30% 룰의 경우, 일감 몰아주기 규제에 대해 강한 찬성의 입장을 밝혀온 김상조 한성대 교수조차도 법안 심사과정에서 30% 룰은 자기가 볼 때도 과잉이라고 피력한 바 있다. 물론 법안 심사과정에서 모든 법안은 공정하게 검토되어야 하겠지만, 반영하기에 부적절하다고도 볼 수 있다.

이렇듯 일감 몰아주기가 상당히 관심이 쏠리는 이유는 바로 국민들이 경제민주화에서 가장 핵심적으로 바라보는 부분이기 때문이라고 풀이된다. 일감 몰아주기는 경제학적인 용어로 말하면 내부거래인데, 내부거래가 무조건 악(惡)은 아니다. 분명 정당한 내부거래와 부당한 내부거래를 구분해서 처리해야 하는데, 부당한 내부거래를 개선하는 것이 경제민주화 차원에서의 일감 몰아주기 관련 법 개정의 핵심이다.

대통령도 회의석상에서 언급한 바 있는데, 일감 몰아주기를 이야기할 때 단골처럼 나오는 회사가 바로 정몽구 회장의 아들 정의선 씨가 세운 글로비스라는 물류회사이다. 자본금 몇십 억 원에 불과한 이 회사에 현대자동차 전 계열에 운송물량을 모두 몰아줬고, 그 결과 몇 년 만에 엄청난 성장을 거둘 수 있게 됐다. 이를 보는 국민의 시선, 그리고 기존의 물류회사의 입장은 안 봐도 뻔하다. 이것이 바로 '땅 짚고 헤엄치기'라고 생각할 수밖에 없었을 것이다.

정몽구 회장이 아들에게 부를 넘겨주고 싶은데 세금 등 여러 가지 제약이 있기 때문에 뭔가 물려주기 위해서 짜낸 아이디어라고 생각할 수밖에 없는 것이다. 이게 바로 부당한 내부거래로 볼 수 있는 예이다. 그에 반해 현대자동차의 계열사이면서 자동차에 들어가는 핵심비밀이 숨어 있는 부품을 생산하는 곳, 이런 곳에 일감을 몰아주는 것은 비록 같은 일감 몰아주기이지만 효과적인 경영이란 점에서 정당한 것이다.

개인적인 관점에서 봤을 때, 지금 우리 사회를 관통하고 있는 경제 민주화의 논의에는 두 축이 있다. 하나는 재벌을 개혁하고 해체하는 것이 경제민주화라고 보는 시각이고, 또 다른 하나는 재벌의 장점은 놔두고 잘못된 행태를 바로 잡는 것이 경제민주화라는 것인데, 후자 쪽이 소신이다. 단언컨대 재벌 문제 해소만이 경제민주화의 모든 것이 될 수는 없다.

2013년 6월 임시국회와 정기회에서는 경제민주화의 핵심사안인 일감 몰아주기 방지와 기존 순환 출자 금지 법안이 통과되면서 경제민주화 추진의지에 대한 우려를 해소시켰다.

재벌 계열사와 총수 일가 또는 총수 일가가 주식을 보유한 회사와 거래에 있어서 보안성, 효율성 등의 정당한 경영활동에 대해서는 인정하되, 총수 일가의 부당한 사익편취 행위와 무분별한 중소기업 영역 침투에 따른 불균형 문제를 해소하기 위한 일감 몰아주기 규제가 처음으로 도입된 것이다.

가장 첨예한 쟁점이었던 사안이 사전 규제인 '경제력 집중' 분야에서 규정하느냐, 사후 규제인 '행위 규제 분야'에서 규정하느냐. 내부거래의 원칙적 금지는 과도하다는 의견과 현행 공정거래법상 사후 규제의 경우 법망을 피해갈 수 있는 사각지대가 많아 실효성이 없다는 의견이 팽팽이 대립되었다.

이는 곧 경제민주화의 두 가지 시각 차이가 극명하게 드러나는 대표적인 사례인 것이다. 내부거래를 사전적으로 금지하고 극히 예외적인 경우만 인정할 경우, 경영의사 결정 하나하나 조심스러울 수밖에 없을 것이다. 이렇듯 기업의 경영활동이 위축되기 때문에 내부거래를 인정하되, 부당한 사익편취와 부의 세습의 경우에만 규제하자는 공감대가 형성되었다. 다만, '행위 규제 분야'의 명칭을 '불공정거래 행위의 금지'에서 '불공정거래 행위 및 특수 관계인에 대한 부당한 이익제공의 금지'로 바꾸면서 실효성 미흡에 대한 우려를 해소하고자 하였다.

이로써 총수 일가 개인에 대한 부당 지원, 사업기회 유용 등 그간 법집행 과정상의 사각지대를 해소하여 대기업 스스로 일감 몰아주기를 자제하고 중소기업에 보다 많은 사업기회를 개방해 실질적인 경제

민주화의 여건을 조성한 것이다.

그 후 9월에 계열사 간 순환출자로 부실을 감추고 선단식 경영구조를 강화함으로써 법정관리를 신청해 국가경제를 큰 혼란에 빠뜨린 동양 사태가 발생했다.

특히 총수의 소규모 개인회사로 시작된 동양 네트웍스는 MRO 및 유통사업을 활용해 계열사의 일감을 몰아 받고 새로운 순환출자 고리를 형성하기까지 했다.

이를 계기로 6월 직접 발의했던 '신규 순환출자 금지' 법안을 신속히 처리하기 위한 노력을 기울이게 되었다. 사실 순환출자의 본격적인 형성은 1997년 IMF 외환위기로부터이다. 당시 외환위기 극복을 최우선 과제로 세웠던 김대중 정부는 기업들의 부채비율을 200%로 제한하면서 사실상 순환출자를 용인해 부채비율 축소에 나서 재무건전화를 이뤄냈다. 물론 임시방편적인 처방이라는 비판도 적지 않지만, 당시 경제 상황을 감안해 볼 때 어쩔 수 없는 선택이었다는 의견도 많았다. 이런 점에서 야당에서 주장했던 '기존 순환출자'까지 금지할 경우, 법 개정으로 현행 제도에 인정받던 경영 결과까지 해소해야 된다면 많은 갈등과 혼란이 발생할 우려가 있었다. 따라서 IMF 외환위기라는 특수한 경제상황에 따라 인정되었던 '임시처방'을 정상화시키는 반면, 그간의 경영 결과는 인정하는 법적 안정성을 고려해 '신규 순환출자'에 한해 금지하는 법안이 2013년 마지막 본회의에서 통과되었다.

기업 지배구조는 당시 국내외 경제 여건, 시장과 기업의 성숙도 등에 따라 변화하는 유기적인 특성을 가지고 있어 하나의 정답이 있는 것이 아니다. 다만, 투명하고 책임 있는 기업 경영, 지배 주주 등의 독단적인 의사 결정 견제 기능 강화와 같은 기본 원칙을 지킬 수 있는 제도적 유인수단이 필요한 것이다. 제도라는 것은 이런 원칙 하에서 경제 여건 등에 맞춰 지속적인 개선이 중요한 것이다.

경제민주화란 결국 국가경제를 한 단계 도약시키는 한편, 서민들의 행복한 삶을 위한 것이다. 재벌을 개혁하고 해체하는 것도 아니다. 과하면 초가삼간을 태우는 우를 범할 수도, 모자라면 강자의 이익독식에 수수방관하는 것이 될 수도 있다. 이 두 부분에서 균형을 잡는 것, 그리고 소신, 그것이 바로 앞으로의 남은 경제민주화를 위한 과제를 해결해 가는 데 금과옥조(金科玉條)로 여겨야 할 기준이 되어야 할 것이다.

노블리스 오블리제

━━━━

　　경제민주화로 떠들썩하던 5월, 한편에서는 재벌 2~3세에 대한 구설수가 사회를 떠들썩하게 했다. 비자금 조성, 조세피난처 법인 설립, 국제중 입학 특혜, 원정 출산 논란 등에 대해 사회적 비난 여론이 거세게 일고 있었다.

　　이와 더불어 늘 재벌과 사회 지도층에 대한 논란거리가 되는 것이 바로 병역특혜다. 지난 5월 『세계일보』 기사를 보면 소위 대한민국의 파워 엘리트 2세 10명 중 6명의 근무지가 수도권에 편중된 것으로 나타났다. 또한 지난해 국방위 소속 새누리당 손인춘 의원이 내놓은 자료에 따르면 국내 11개 주요 재벌가 성인 남자 114명 중 면제자가 40명(전체의 약 35.1%)에 이른다고 한다. 이는 일반인 평균 29.3%보다 5.9%p 높은 수치다.

　　그에 비해 외국은 어떤가. 1차 세계 대전과 2차 세계 대전에서는 영국의 고위층 자제가 다니던 이튼 칼리지 출신 중 2,000여 명이 전사했

다고 한다. 포클랜드 전쟁 때는 영국 여왕의 둘째 아들 앤드류 왕자가 직접 전투기 조종사로 참전했고, 그 조카인 해리 왕자는 올해 초까지 아프가니스탄에서 공격용 아파치 헬기조종사로 대테러임무를 수행했다. 6·25 전쟁 당시 미군 장성 아들 142명이 참전해 35명이 목숨을 잃거나 부상을 당했다. 그 중에는 야간 폭격 임무수행 중 전사한 당시 미 8군 사령관 밴플리트 장군의 아들도 포함되어 있었다.

중동 전쟁 당시 아랍인들은 전쟁을 피해 외국으로 도망했지만, 이스라엘 유학생들은 전쟁에 참여하러 귀국했다. 그 결과 수억의 인구를 가진 아랍연합군이 수백만 명의 인구를 가진 이스라엘에 무참히 패배했다는 사실은 널리 알려진 일화다.

물려받은 부(富)이든 상속받은 부이든 수단과 방법이 정당하다면 그것을 쓰는 것은 가진 자의 권리이다. 좋은 부모 만나 편안한 생활을 하는 것도 남들이 뭐라 할 수 없는 그들이 타고난 혜택일지 모른다. 하지만 자신에게 주어진 의무와 부담은 지려하지 않고 피해 가려고만 하는 모습을 우리는 소위 비뚤어진 특권의식이라고 부른다.

비뚤어진 특권의식이 빈익빈 부익부를 심화시켜 사회를 점점 병들게 하는 것이 문제다. 하지만 더 큰 문제는 소위 유전무죄 무전유죄라는 피해의식이 이 사회 전반에 대한 불신을 뿌리내리게 하고 결국 누구도 이 사회를 위해 자신의 의무와 책임을 다하려 하지 않는 의식이 사회 전반에 퍼지는 것이 더 큰 문제다.

2003년 『문화일보』에 따르면 대학생 10명 중 4명이 전쟁이 나면 한국에 남지 않고 외국으로 떠나겠다고 한다. 그리고 모병제로 전환할 경우, 군대에 가지 않겠다는 학생도 10명 중 8명에 이른다고 한다. 그런 결과가 사회지도층의 노블리스 오블리제가 필요한 이유이고, 사회적 역할과 책임을 다한 사람에게 국가가 반드시 합당한 대우를 해 줘야 할 분명한 이유가 되는 셈이다.

우리가 재벌 2~3세에게 노블리스 오블리제를 바라는 것, 그리고 경제민주화에 동참하라는 것은 그들의 권리와 혜택을 빼앗으려는 것이 아니다. 권리와 혜택은 누리되, 비뚤어진 특권의식은 버리고 동등하게 의무와 부담에 동참하라는 이야기다.

노블리스 오블리제는 비단 돈 많은 재벌들에게만 해당되는 이야기는 아닐 것이다. 특히 우리 국민들이 정치인들에게 바라는 도덕적 수준은 매우 높다. 그것이 단적으로 나타나는 것이 바로 인사청문회다. 16대 국회부터 도입된 인사청문회는 정부의 국무위원 등의 인사에 대해서 국회의 검증을 받도록 하는 제도로써 국회가 행정부를 견제하는 하나의 방법이자, 국민들로 하여금 제대로 된 정보를 제공받게끔 하는 수단이다.

18대 당시 나는 한 명의 감사원장, 네 명의 장관, 두 명의 검찰총장, 한 명의 대법원장 그리고 세 명의 대법관 후보 등 총 11번의 인사청문회에 위원으로 참여했다. 1년에 세 번가량 인사청문회에 참석한 셈인데, 초선치고는 상당히 드문 일이었다.

청문회에 나온 모든 분들의 경력은 면면이 화려하다. 능력만 놓고 보면 모두 능히 그 자리를 감당하고도 남을 만한 분들이다. 하지만 수신제가(修身齊家) 후 치국평천하(治國平天下)라고 하였던가. 공직이라는 자리는 경력과 능력만으로 감당이 되는 자리가 아니라는 점을 청문회 과정에서 새삼 깨달았다.

많은 인사청문회 중 검찰총장 후보자 인사청문회 때가 유난히 생각난다. 검찰 출신이었기 때문에 기대감이 더 남다르고, 임하는 자세 또한 각별했다.

하지만 기대가 너무 컸을까. 자료를 검토해 보니 실망이었다. 너무나 의심스러워서, '과연 어떻게 후보자의 자리까지 오르게 되었을까. 검찰에 이렇게도 인재가 없을까?'라는 생각마저 들었다. 비록 여당 의원이고, 후보자가 검찰 선배이긴 했지만, 무조건 옹호해서 될 일이 아니었다. 처신에 문제가 있었음을 지적했고, 의혹에 대해 적극적으로 답을 내놓으라며 강도 높게 추궁했다. 후에 언론은 다른 여당 의원들이 제 식구 감싸기에 주력하는 동안, 나만큼은 '검사 출신'답게 잘 했다는 호평을 내놓았다. 검사들의 체면을 살렸다는 기사도 있었다.

본인은 사소하다고 여기는 것들도 국민의 눈높이에서는 무겁게 여겨야 한다는 사실에 대해 절감했다. 그것은 비단 나뿐만 아니라 앞으로 공직에 뜻을 둔 사람 모두가 마음 속 깊이 새겨야만 할 것임이 분명하다. 사족을 달자면, 정치권에는 "법 중에서 가장 무서운 법은 바로 국민정서법"이라는 말이 횡행한다. 농담처럼 쓰이기도 하지만, 누군가의 선택을 받아야 하는 사람이라면 반드시 마음 속 깊이 새겨야 할 경구(警句)임에 틀림없다.

부여받지 않은
권력의 남용,
법사위

━━━

　　2013년의 마지막 날, 여야가 합의한 외국인투자촉진에 관한 법률안을 법사위원장이 상정 자체를 거부하는 통에 새해 예산안마저 해를 넘겨 겨우 처리됐다.

　　같은 해 7월, 야당 의원이자 같은 정무위원회 소속인 강기정 의원은 FIU법(특정금융거래정보의 보고 및 이용 등에 관한 법률) 개정안의 처리에 앞서 국회 본회의장에 서서, "국회가 이렇게 운영되면 안 되는 것 아닙니까? 이 법이 우리 정무위원회에서 오랫동안 숙성시키고 논의하고 고민해서 통과시킨 건데 이걸 법사위에서 뚝딱 내용을 완전히 바꿔버리면 어떡하자는 겁니까. 그럼 정무위원회는 뭡니까."라고 발언을 했다.

　　정무위 법안심사소위와 전체 회의를 통과한 경제민주화 법안들 중 일부가 법사위에 발이 묶여 버리는 일이 벌어졌다. 내용을 문제 삼은 것이다. 이는 법안의 체계와 자구에 대해 심사하도록 규정되어 있는 법사위의 권한을 넘어선 월권에 해당하는 것이다.

국회법상 법사위의 기본 권한은 일반 법안상임위에서 올라온 법안에 대해서는 체계와 자구에 대해서 심사하도록 규정되어 있다. 이 말은 쉽게 말해 법안의 형식적인 부분, 즉 헌법에 위배되었다든지 또는 다른 법안과 저촉이 된다든지 이런 것을 심사하도록 되어 있는 것이다. 그런데 다른 소관 상임위에서 올라온 법안에 대해서 본질적인 내용까지 법사위에서 속된 말로 칼질을 하고 마음대로 보류를 시키는 것은 오래전부터 지적되어 온 법사위 권한의 남용이다.

사실 과거 법사위는 여야 간 쟁점이 있는 법안들에 대해 법사위원장을 맡고 있는 측에서 그것을 막아내거나 통과시키는 관문의 역할을 해왔던 것이 사실이다. 하지만 18대 국회에서 소위 몸싸움, 그리고 직권상정 문제를 해소하기 위해 여야가 합의해 국회 선진화법을 통과시킨 마당에 아직도 그런 역할을 하려고 한다면 온당치 않은 것이고 그것 또한 과거의 구태를 벗지 못한 것이다.

물론 소속 상임위를 거칠 때 충분히 논의되지 못하고 성숙되지 못한 경우가 분명히 있다. 예컨대 상임위 이기주의로 상임위 간의 법안이 충돌이 있음에도 불구하고 눈을 감고 올린 법안에 대해서는 법사위에서 적절하게 조정되어야 하는 것이다. 그러나 법사위에서 계류시킨 경제민주화 법안들의 경우는 상임위 이기주의 차원 또는 어느 한쪽 정당의 이익에 따라 숫자로 밀어붙여 일방적으로 통과된 것이 아니라 여야가 머리를 맞대고 의원들이 정말 머리를 맞대고 서로 설득하고 양보해서 만든 안이다. 게다가 서로가 자기의 공이라고 플래카드까지 걸어가면서 대국민 홍보에 나서고 있는 마당에 법사위에서 본질의 문제까지 마음대로 수정하려 들고, 내키지 않으면 만연히 보류를 시키는 것은 결코 온당치 못한 일이다.

법사위원에게 체계와 자구 수정에 관여할 권한을 부여한 것은 과거 법률적 전문가가 드물었던 시기에 법률체계 구성 등에 대해 전문적인 지식을 갖춘 법사위에서 조정, 수정할 수 있도록 권한을 준 것이다. 그러나 지금의 경우는 국회 내의 전문적인 입법 지원 조직, 예를 들어 입법조사처나 법제실 등에서 성안의 초기 단계부터 도움을 주고, 그에 따라 법안을 만들어가기 때문에, 사실상 법사위가 그런 권한을 가질 이유는 사라졌다고 봐도 무방하다. 더불어 여야 간 쟁점 문제에 있어 관문 역할을 해야 할 필요성 또한 일명 국회선진화법이 통과된 이후에는 사라졌다고 봐야 할 것이다.

결국 법사위는 법무부·법원·감사원 등과 같은 소관기관의 사무에 대한 논의만을 전문적으로 담당하고, 법안의 체계, 자구심사는 법률 전문가가 있는 법제실, 입법조사처에 맡기는 것이 옳은 방향이라고 개인적으로 생각한다. 입법 취지까지 손을 대는 것, 그것은 부여받지 않은 권력의 남용이다. 이제는 사라질 때가 됐다.

정치쇄신과
대선배를 향한
직언

━━━━━

　　2013년 4월, 국회 정치쇄신특위가 구성되어 간사를 맡게 되었다. 국회의원의 특권 내려놓기와 선거구 획정 문제, 선거법 문제, 기초 단체장 및 기초 의원 정당공천 폐지 문제 등이 주된 논의 과제였다. 6개월이라는 짧은 기간 동안, 논의할 수 있는 것들은 많지 않았다. 또한 국정원 댓글 사건 등의 문제로 국회가 공전했고, 회의는 열리지 못했다. 그러던 사이, 기초 선거 정당공천 폐지에 대해 주저하던 야당은 7월, 이를 당론으로 정했다. 직전 4월 재보선에서 새누리당이 정당공천을 하지 않은 반면, 민주당은 공천을 했다. 또 근래에 새누리당이 기초 선거 유지를 선언했다는 점만 놓고 보면 상황은 역전된 셈이다. 불과 몇 개월 만에 정당의 입장이 서로 뒤바뀌는 것을 보면서 정치가 살아있는 생물이라고 또 다시 느끼게 됐다.

　　기초 선거 정당공천제 폐지는 대통령의 대선 공약이다. 또한 당시 분명 여러 가지를 살펴서 결정한 것인 만큼 반드시 지켜야 한다는 것

이 개인 소신이다. 하지만 지금의 기초 선거 정당공천제 유지와 폐지에 대한 논란은 마치 선과 악의 싸움인양 갈라지고 있다. 마치 폐지만하면 풀뿌리 민주주의가 반드시 살아나는 것과 같이 비춰지는 점에 대해서는 심각한 우려를 표할 수밖에 없다. 정치쇄신과 관련해, 대선 당시 박근혜 후보의 정치쇄신특위 위원으로 직접 일했고, 또 그 안을 만드는 데 일조했던 만큼, 그 내용과 취지를 잘 알고 있기 때문이다.

어떤 제도든지 마찬가지지만 그 과정에서 부작용을 다 같이 보완해야 한다. 폐지나 유지나 개선이나 할 것 없이 그 부작용을 같이 보완하면서 폐지하는 것이 누가 봐도 맞다. 그런 부분을 여야가 머리를 맞대야 한다. 현재의 기초 선거 폐지에 대한 쟁점들은 내천의 위험성, 위헌 소지, 정치 신입과 여성 정치인의 진입 장벽 등 실로 많다. 그러나 문제는 그 부분에 대해서는 현재 아무도 관심을 가지고 있지 않다는 것이다. 폐지와 유지만 따지는 것이 아니라, 폐지를 하더라도 그것에 대한 답을 함께 내놓는 것이 맞음에도 불구하고 말이다.

사실상 중요한 것은 정당의 상향식 공천이다. 풀뿌리 민주주의인 지방자치제도가 중앙정치에 예속되어선 안 되고, 그것을 막을 방법이 사실 우리 정치에는 절실하다. 그렇기 때문에 대선 과정에서 여야 모든 후보들은 공히 상향식 공천을 약속했었고, 정당공천제 폐지는 사실상 그 다음이었다. 그러나 지금의 공천제 폐지 논의에서 상향식 공천에 대한 이야기는 쏙 빠져 있다. 논의조차 되고 있지 않다. 오직 본래의 목적과 상관없이 폐지냐 유지할 것인가에 대해서만 관심이 있는 것이다. 바로 그것이 야당의 주장이 옳고 그름을 떠나 진정성을 의심할 수밖에 없는 이유다.

다시 말하지만, 기초 선거를 포함한 모든 지방선거 공천의 핵심은 지방이 중앙정치의 하수인이나 노예가 아니라는 것이다. 그리고 이제까지 잘못된 관행으로 유지되어 온 국회의원의 공천권을 빼앗아 국민에게 돌려주자는 게 논의의 핵심이다.

이제라도 민주당도 새누리당도, 정당공천제의 존폐 문제와 똑같은 공약인 상향식 공천도 논의를 해야 한다. 특히 역선택을 방지하기 위해서라도 여야의 합의를 통해 같은 길을 가야만 한다.

2013년 10월 2일, 동료의원 세 명과 함께 10·30 재보선에서 당의 원로인 서청원 전 대표의 공천에 반대하는 기자회견을 하고자 국회 정론관에 섰다.

당이 대선배를 공천하는 것에 대해 반대하다니, 이유 여하를 떠나 심적 부담이 막중했다. 개인적으로 서 전 대표와는 악연은커녕 아무런 인연도 없었기 때문에 어찌 보면 내가 나설 일도 아니었다. 하지만 내게는 그 자리에 설 수밖에 없었던 분명한 이유가 있었다.

지난 총선과 대선 과정에서 가장 큰 약속 중 하나가 정치쇄신이었고, 그 핵심의제는 바로 공천개혁이었다. 공천개혁안에는 성범죄와 정치 자금 수수 등의 4대 범죄에 대해서는 공천에서 배제한다는 원칙과 기준을 천명한 바 있었다. 그런 점에서 과거 불법 정치 자금 수수 문제로 두 차례 구속된 전력이 있는 서 전 대표를 공천하는 것은 부적절하다는 것이 나의 생각이었다. 언론과 SNS 공간에서도 이 문제는 뜨거웠다.

새누리당을 지지하는 사람들 가운데서도 선거가 끝난 지 1년 조금 넘었는데, 벌써부터 오만해지는 것 아니냐는 우려가 새어나오기 시작했다. 더 이상 비난이 커지기 전에 당에서 누군가는 반드시 이 문제를 짚고 넘어가야 한다고 생각했다. 특히 지난 대선 과정에서 정치쇄신특위 위원으로서 공천 문제에 대한 원칙과 기준을 세우는 데 직접 참여했던 나로서는 더 이상 침묵하는 게 내 책임을 다하는 것이 아니라는 생각이 들었기 때문에 설령 비난받고, 혹은 동의되지 않더라도 직접 나설 수밖에 없었던 것이다.

우리의 지난 정치사를 돌아보면, 서 전 대표의 그러한 일들이 이해 되고도 남았다. 하지만 그렇다고 하더라도 기준과 원칙이 사람에 따라 달리 적용된다면, 그것은 국민들의 상식과 정면으로 배치되는 것이다. 비록 개인으로서는 안타까운 일일지 모르지만, 공천은 말 그대로 공천 이다. 어떤 개인의 한풀이나 명예회복을 위한 것이 아니다. 정당이 당 의 후보를 발탁하는 것은 단순히 한 사람의 국회의원을 만드는 것이 아닌 당의 미래나 비전, 가치관이 담겨져 있는 정치행위이기 때문이다.

사실 현실에서 분명 서 전 대표는 당내 다른 후보는 물론, 야당의 후보를 압도하는 경쟁력 있는 후보였다. 그렇다고 치더라도 당장 눈앞 의 한 석을 위해 민심을 외면하고, 대의명분을 놓친다면 앞으로 10석, 100석을 잃게 될 게 명약관화(明若觀火)했기 때문이다.

나의 그런 주장과 노력에도 불구하고, 서 전 대표는 당의 후보가 되 었고, 재보선에서 당선이 되었다. 어떤 사람들은 국민들로부터 서 전 대표가 선택을 받았으니, 국민들로부터 양해가 된 것이고, 용서를 받 은 셈이니, 내가 틀렸다고 말할 것이다. 하지만 나의 그런 결단은 단 순히 특정인의 공천에 대한 찬성이냐 반대냐의 문제가 아니다. 원칙은 반드시 지켜져야 한다는 나의 소신의 결과물이었기 때문에, 나는 결코 내가 틀렸다고 생각하거나 후회하지 않고 앞으로도 지켜나갈 것이다.

원칙이 깨져 버린 지난 10 · 30 재보선 공천과정에서 안타깝게 느낀 또 하나는 '박심(朴心)' 논란이었다. 사실 이런 일은 비단 이번 선거뿐 만 아니라 모든 선거의 단골손님이다. 정치권에 들어와서 여러 사람들 의 이야기를 들어보고 또 직접 선거를 경험하면서 많은 분들이 힘 있 는 사람에게 의지하려는 모습을 많이 보았다. 하지만 공천이라는 것은 한 사람을 챙겨주면 다른 열 사람한테 적이 되는 것이기 때문에 현실적으로 보면 결국 본인에게도 또 챙겨주는 사람에게도 도움이 되지 않는다. 그럼에도 불구하고 지금 같으면 박근혜 대통령의 마음이 어디 있다는 말이 청와대나 당의 부인에도 계속 나오는 것은 오히려 자가발전, 즉 있지도 않은 박심(朴心)의 존재를 일부러 만들어 내서 증폭시키고 아전인수격으로 활용하는 것이라고 본다. 정치적인 역량이나 실세냐, 아니냐를 떠나 기준과 원칙이 공정하고 균형 있게 적용되어야 앞으로 이런 논란이 정치권에서 사라질 것이다. 아니 반드시 그렇게 되어야 한다.

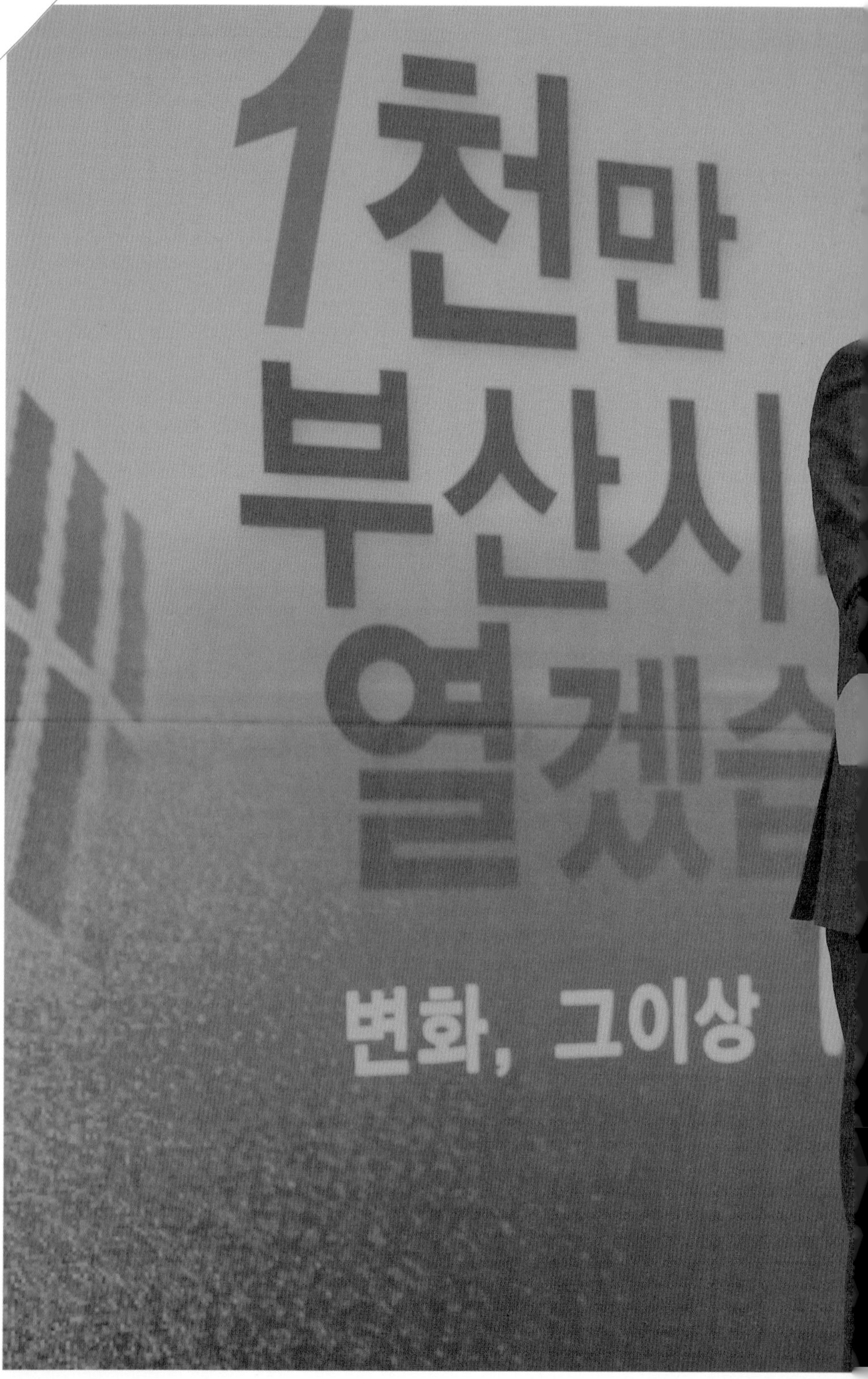
1천만
부산시
변화, 그이상

3

부산에 대한 짧은 단상들

변화, 그 이 천만 부산시대

[BEYOND BUSAN]

박 민 식

출 마 선 언

새누리당

나의 살던 부산

—

　　'제2의 도시'는 부산을 부르는 여러 가지 별칭 중 대표적인 하나다. 고등학교를 마치고 처음 서울로 유학을 왔을 때, 누군가가 나를 '부산 촌놈'이라고 불러도 괘념치 않았던 이유 중 하나가 누가 뭐라고 해도 부산은 서울을 제외한 대한민국 최고의 도시라는 자부심 때문이었다.

　　역사적으로 대한민국은 6·25 전쟁 당시 부산을 최후의 보루로 삼아 희망을 키워 다시 일어났다. 또한 부산은 대한민국을 대표하는 생산의 전초기지이자 수출입의 전진기지로써 나라경제를 이끌었다. 그러므로 대한민국의 기적은 한강이 아닌 부산에서 시작되었다고 해도 틀린 말이 아니다. 나아가 이 땅에 민주주의가 자리 잡기까지 부산은 늘 불의와 독재에 맞서 싸우는 중심에 있었다.

　　그랬던 부산의 오늘날 현실은 과연 어떠한가.

　　겉으로 드러나는 부산은 분명 발전했다. 경부고속도로와 KTX, 부산

항, 김해공항을 통해 수많은 사람과 돈 그리고 물건이 오가며, 부산의 경제는 규모를 키워왔다. 국제영화제를 비롯해 각종 축제와 행사가 열리고, 관광객이 줄을 이으면서, 부산의 문화는 그야말로 국내외 어느 도시 못지않게 풍요로워졌다. 멋진 아파트와 해운대에 늘어선 고층빌딩들과 동양 최대를 자랑하는 쇼핑센터까지, 부산을 잘 알지 못하는 사람들은 여전히 부산이 대한민국 제2의 도시라고 생각할 수밖에 없다.

하지만 제2의 도시 이면에 숨겨진 내면은 심각한 위기상태였다. 여러 가지 자료를 더 찾아보고 많은 분들과 대화해 본 결과, 부산 전체 산업 중 서비스업이 차지하는 비중이 70% 가까운 수준으로 높다. 서비스업도 가치를 생산할 수 있는 산업군은 맞다. 다만 그렇게 높은 비중을 보이는 서비스업을 구성하는 내용들이 금융, 보험, 부동산 등의 고부가가치를 생산해 내는 업종이 아닌 대부분이 단순 서비스업들이다. 100위 안에 드는 대기업 하나도 없는 도시 부산은 이제 소득과 생

부산시 경제 · 사회지표(긍정지표: 하위권)

순번	긍정지표	순위	조사대상	기준년도
1	경제활동 참가율	16위	16개 광역단체中	2013년
2	고용률	16위	16개 광역단체中	2013년
3	인구 십만명당 문화기반시설 수	16위	16개 광역단체中	2011년
4	유아 천명당 보육시설 수	17위	17개 광역단체中	2012년
5	출산율	16위	17개 광역단체中	2012년
6	인구 십만명당 체육시설 수	16위	17개 광역단체中	2012년
7	노인 천명당 노인여가복지시설 수	16위	17개 광역단체中	2012년
8	인구 십만명당 사회복지시설 수	15위	16개 광역단체中	2010년
9	인구증가율	14위	16개 광역단체中	2012년
10	주택보급률	15위	17개 광역단체中	2012년
11	인구 천명당 도시공원 조성 면적	12위	17개 광역단체中	2012년
12	지역별 1인당 GRDP(16,187달러)	14위	16개 광역단체中	2011년
13	대학졸업 후 정규직 취업률	4위	17개 광역단체中	2009년
14	출생건수	4위	17개 광역단체中	2012년
15	재정자립도	8위	17개 광역단체中	2013년

자료 출처: 국가통계포털(KOSIS)

부산시 경제 · 사회지표(부정지표: 상위권)

순번	부정지표	순위	조사대상	기준년도
1	실업률	1위	16개 광역단체中	2013년
2	소비자 물가상승률	2위	16개 광역단체中	2012년
3	소년 천명당 소년범죄 발생건수	2위	16개 광역단체中	2012년
4	기초생활 수급자 수	3위	17개 광역단체中	2012년
5	등록 장애인 수	4위	17개 광역단체中	2012년
6	사망건수	4위	17개 광역단체中	2012년
7	인구 천명당 범죄 발생건수	6위	17개 광역단체中	2011년
8	시도별 월평균 사교육비	6위	16개 광역단체中	2012년
9	화재 발생건수	8위	17개 광역단체中	2012년
10	고령인구비율(7대 광역시 중 1위)	9위	17개 광역단체中	2012년
11	인구 십만명당 자살률	9위	17개 광역단체中	2012년
12	주택가격 상승률	10위	15개 광역단체中	2012년

자료 출처: 국가통계포털(KOSIS)

산보다는 소비에만 치중된 도시, 내적 성장 없는 도시가 되어 버렸다고 해도 과언이 아니다.

사실 이런 현실은 부산만의 그것은 아니다. 서울과 지방 간 KTX가 연결되면서, 너나 할 것 없이 이제는 서울과 부산이 일일생활권이 됐다며 자축했다. 하지만 자세히 들여다보면 수도권과 지방을 이어준 KTX는 돈이면 돈, 사람이면 사람, 모든 것을 수도권으로 실어 올리는 일방의 통로가 되었다. 즉 수도권 1극 체제를 가속화시키는 계기가 된 것이다. 너무 극단적인 것 아니냐고 할 사람도 있겠지만, 지금 대한민국 지방이 겪는 현실이다.

지역경제와
지방 은행

▬▬

    매년 말이나 초에 대부분의 국회의원들이 의정보고라는 것을 한다. 한 해 동안 무슨 일을 했고, 어떤 성과를 거뒀는지에 대해 지역 주민들에게 보고하는 자리다. 어떤 법안을 만들었고 또 주요한 정치적 이슈에 대해 어떻게 대응했는지보다는, 주로 지역사업을 위해 예산을 얼마나 많이 따왔느냐가 내용의 대부분이다. 긴 문장보다는 숫자가 눈에 확 들어오기 때문일까. 아무튼 그 액수가 대부분 어마어마하다. 여기서 의문이 생긴다. 수도권 못지않게 많은 사업들이 생겨나고 또 예산도 많이 들어오는데, 왜 지방에는 돈이 돌지 않는 것일까.

    2011년 국내 총생산(GDP) 중 지방이 차지하는 비중은 52.9%이다. 금액으로 따지면 656조 9,000억 원이다. 그에 비해 지방 은행의 예금과 대출금 비중은 각각 전체의 29%, 31.7%밖에 미치지 않는다. 그만큼 지방의 경제활동이 위축되어 있다는 의미이기도 하지만, 한편으로는

또 지역 경제 활성화를 위해 만들어진 지방 은행이 제 역할을 못하고 있다는 의미이기도 하다.

지방 은행을 설립한 최초의 목적은 '금융의 지역적 분산과 지역경제의 균형발전'에 부응하기 위해서, 국민 주택기금 분배, 지자체 금고 입찰, 법원 공탁금 지정, 예대율 등에서 지방에 기반을 둔 은행에게 기회를 더 제공함으로써 해당 설립 지역의 경제성장을 견인하게 하려함에 있다.

하지만 전국적인 영업망을 갖춘 대형 시중 은행들이 지방으로 내려와 경쟁하고 있는 반면에, 지역 제한으로 영업 활동에 제약이 있는 지방 은행의 입장에서는 한쪽 다리를 묶어 놓고 달리기 시합을 시키는 것과 다를 바 없다. 승자가 모두 가져 갈 수 있는 시장경제의 원칙하에 지금과 같이 한쪽에는 제약을 두고 알아서 경쟁하라는 식으로 정부가 수수방관할 경우, 버티다 결국 고사할 수밖에 없는 것이 지방 은행이 가진 불을 보듯이 뻔한 운명이다. 피가 선순환 되지 않고 결국 혈관 내에서 흐름이 막히는 상황이 반복되면, 결국 지방의 산업 생태계도 혈관 역할을 하는 지방 은행들과 운명을 같이 할 수밖에 없다.

그렇다고 지방 은행의 생존을 위해 지역적 제한을 풀고 시중 은행과 무조건 경쟁을 시켜야 한다는 의미는 아니다. 원래의 지방 은행의 설립 목적, 그 목적이 제대로 달성될 수 있도록 정부가 관리하고 정책을 개편해야 하는 것이다. 그러기 위해서는 장기적으로 시중 은행과 지방 은행의 역할을 구분하는 구조적인 개편 또한 필요하다. 시중 은행은 지역이 아닌 광역으로, 나아가 글로벌 경쟁에 나서도록 장려해야 할 것이고, 지방 은행은 지방의 산업 생태계를 보다 적극적으로 책임지는 형태가 되는 것이 바람직하다.

지방의 자주적인 발전과 지방자치시대에 맞는 정치적 행정적 독립을 위해서는 일하고, 먹고, 또 사는 문제가 우선 해결되어야 한다. 그러기 위해서는 내실 있는 독립적인 산업 생태계가 만들어져야 한다. 경쟁해서 이기고, 새로운 산업을 발굴하는 것도 중요하지만 결국 투자, 즉 돈의 흐름이 중요하다.

금융투자에 있어서 가장 중요한 것이 바로 정보다. 정무위에 있다 보니 금융기관 쪽 이야기를 많이 듣는 편인데, 늘 투자를 주저하게 만드는 주요한 요인이 '정보의 비대칭성'과 '불확실성'이라는 것이다. 쉽게 말하자면 잘 알지 못하기 때문에 투자하기 힘들다는 것이다.

비단 국경을 넘는 투자만이 아니다. 서울에서 살면서, 서류를 통해서만 지역 경제를 바라보는 대형 시중 은행의 투자 결정자의 입장에서 지방이 가진 강점과 약점을 제대로 알 리 만무하다. 수도권에도 투자를 바라는 사람들이 차고 넘치는데, 잘 알지도 못하는 지방에 대한 투자에 있어 그들은 소극적일 수밖에 없다.

하지만 지역에 뿌리를 두고 있는 지방 은행이라면 어떨까? 모르긴 해도 최소한 몰라서 투자하지 않는 일은 없을 것이다. 지방 은행 활성화를 다시 한 번 강조하는 이유이다.

문화 따라 하기

―――――

　　　어느 일간지에 따르면 우리나라에서 열리는 축제의 개수가 작년을 기준으로 2,400개가 넘는다고 한다. 통상 2~3일 간 개최된다고 봤을 때, 하루에 2~3개 정도의 축제가 지금도 어디에선가 열리고 있다는 의미다. 경제가 성장하고 이제 대한민국 국민들도 차츰 삶의 여유를 돌아볼 때는 맞다. 직장과 가정을 다람쥐 쳇바퀴 돌듯이 오가던 샐러리맨들에게 주말에 어디론가 떠나는 여유는 이제 사치가 아니라 일상이 되었다.

　　그러나 그러한 축제를 살펴보면 문제가 있다는 점을 금방 확인할 수 있다. '축제 공화국'이라고 불릴 만큼 너무 많다는 것도 문제가 될 수 있지만, 그보다 더 큰 문제는 그 축제들의 내용이다. 불분명할 뿐만 아니라 중복이 너무 많다. 지역 주민들의 삶의 질 향상과 관광객 유치를 통한 수익확보라는 두 마리 토끼를 다 잡겠다고 시작한 지자체의

행사사업은 두 마리 토끼는커녕 지방재정을 악화시키는 주요 요인으로 떠오르고 있다.

요즘 보면 문화만큼 사람들의 삶의 질 향상과 지방재정 확충수단으로 중요하게 평가받는 것이 없다. 하지만 정작 지방이나 중앙이나 문화에 대한 고민은 규모와 외형에만 있을 뿐 실속은 중요하게 여기지 않는 듯 보인다. 이는 문화시설뿐만 아니다. 재정난에 허덕이는 지방자치단체의 초호화 청사 건립, 으리으리한 기념관 건설 등 이미 언론을 통해 많이 지적된 내용들이다.

또 하나의 잘못된 관행은 무조건 따라 하기다. 제주도 올레길의 성공 이후 둘레길, 갈맷길, 웰빙길 등 ○○길이 꽤나 생겼다. 부산 국제영화제의 성공 이후 영화제 또한 붐이다. 앞서 말한 축제는 두말 할 것도 없다. 물론 그 중에는 성공한 사례도 있다. 또 원래 있던 것보다 더 낮다는 평가를 받는 것도 있다.

하지만 문화라는 것은 어느 한 순간에 만들어지고 정착되는 것이 아니다. 기존의 것을 살리고 다듬기보다는 잘 되는 것을 도입하고, 무조건 새로운 것만 찾아다니는 것이 가져 오는 부작용은 예산과 행정의 낭비, 다양성의 상실, 몰개성만의 문제가 아닐 것이다.

그런 측면에서 현재 진행되고 있는 부산의 오페라하우스 건립을 무조건 환영만 해서는 안 된다고 생각한다.

재원의 일부를 민간 기업으로부터 기부 받고, 나머지 재원은 정부와 시가 부담하는 방식으로 추진되고 있는 해당 사업은 우선 재정에 상당히 부담이 간다. 예산만 충분하다면야 오페라하우스를 마다할 리 없다. 그러나 부산시 살림이 부채 규모만 2조가 넘는 상태이고, 정부예산 확보가 늘 그렇듯이 녹록치 않다. 신중해야 하는 이유다. 치밀한 사

업계획 수립이 반드시 필요하다. 호주 시드니 오페라하우스의 예를 보면 1억 200만 달러를 들여서 지어 놓은 명실상부한 호주의 국가적 랜드마크임에도 불구하고, 제대로 된 '오페라' 공연을 하려면 8억 달러라는 돈을 새로 들여서 고쳐야 하는데, 이를 두고 차라리 그냥 놔두고 새로 짓자는 말까지 나온다. 멋진 '하우스'임에는 틀림없는데 '오페라'는 빠진 셈이다.

부산 오페라하우스를 둘러싸고 나오는 말들을 보면 '세계적인 규모, 랜드마크적 상징성' 등의 수식어가 유독 눈에 띈다. 목적이 공연인지, 관광 조형물인지 모호하다. 지어났다면 제대로 운영이 되어야 한다. 영화의 전당만 하더라도 한 해 적자가 상당하다고 한다. 부산에 계획 중인 것보다 먼저 지어진 대구 오페라하우스의 경우, 그 규모가 더 작음에도 불구하고 연간 운영에 50억 원가량을 쓴다고 하는데, 시가 그것을 감당할 수 있을지 의문이다. 막상 지어 놓고 밑 빠진 독에 물 붓기라는 비난을 들을 수도 있다.

오페라 외에 뮤지컬 및 다른 대중공연 활성화를 통한 수익창출이 대안이라고 하지만, 오페라가 아닌 다른 공연을 더 많이 올릴 생각이면 굳이 엄청난 적자를 감수하면서까지 비싼 돈을 들여 이름값도 못하는 공연장을 지을 필요는 없다. 콘텐츠는 충분할까. '오페라 없는 오페라극장', 어느 일간지 기사의 제목이자 국내 오페라의 현실이다. 작품의 제작 여건을 감안하지 않고 건물부터 짓기 때문인데, "학교 건물만 좋다고 곧바로 명문이 아니다."라는 지적이 적절하다. 앞서 말한 것들보다 더 큰 문제는 과연 시민들이 그것을 원하는 것일까?

얼마 전 부산에 프로야구 제2구단 유치와 돔구장 건설을 위한 토론을 개최하기 전에 사전 설문조사를 진행한 적이 있었다. 부산시민들의 야구에 대한 열정을 잘 알고 있었기 때문에 서울처럼 복수의 구단이 생기고 노후한 현재의 구장을 전천후 경기가 가능한 돔구장으로 대체하는 물음에 대해 대부분 긍정적인 답변이 나올 것이라는 게 사실 조사를 하기 전 가졌던 선입견이었다. 하지만 결과는 전혀 의외였다. 추가 구단 유치에 대해 찬반이 41.5% 대 41%로 팽팽했다. 찬성 측이 더 많은 볼거리와 지역발전을 위해 필요하다고 응답한 반면, 반대 측에서는 양적 확충이 질적 확충은 아니다, 돈벌이 수단이 될 것 같다, 기존 팬들의 분열이 우려된다는 이유 때문에 반대의견을 나타냈다.

　돔구장 건립에 대한 의견 또한 어느 한쪽으로 쏠리지 않았다. 일반 구장 34.3%, 돔구장 35.8%로 의견이 나뉜 것이다.

　'야도(야구 도시) 부산'이라 불릴 만큼 야구에 대한 뜨거운 마음을 가졌지만, 한편으로 부산시민들은 현실을 바라보는 냉정한 시각 또한 갖추고 있었던 셈이다. 그럼에도 불구하고, 무조건 '새로운 구단, 멋진 구장을 짓는 것에 반대할 사람이 있나'라고 섣불리 예상한 것은 그 동안 이 문제에 대해서 얼마나 쉽게 생각했는지를 보여 준 셈이다. 사실 그 동안 이 문제는 여러 가지 일방적인 주장들만 많았지 이번을 제외하고는 단 한 번도 제대로 된 공론화의 장이 마련되지 않았다.

　그러므로 비단 프로야구 문제뿐만 아니라 어떤 정책을 펼쳐 나갈 때, 과거처럼 행정기관이 일방적으로 정하고, 추진해 나갈 것이 아니라 시민들이 진정으로 원하고 바라는 바가 무엇인지, 그리고 그 결과를 바탕으로 전문가들을 비롯한 각계각층의 의견을 수렴하는 과정이 필요할 것이다. 특히 무언가를 따라 하려고 할 때는 더욱 더 그렇다.

균형발전

▥▥▥▥▥

　우리나라에서 국가 균형발전은 헌법에 규정되어 있다. 대한민국 어디에 살든지 동일한 혜택을 받을 수 있도록 지역을 균형적으로 발전시켜 나가야 하고, 그것을 위해 노력해야 한다는 것을 정해 놓은 것이다. 하지만 현실에서 균형발전은 이뤄지지 않고 있다.

　서울을 비롯한 수도권과 지방간의 불균형, 그리고 지역 내에서도 불균형이 발생하는 것은 쉽사리 목격할 수 있다. 물론 균형발전에 대놓고 반대하는 사람은 없다. 다만 소위 선택과 집중의 논리가 그것을 막고 있다. 효율성의 원칙인데, 한편으로 기득권 수호의 원칙이라고도 할 수 있다.

　과거 낙동강을 끼고 김해평야를 바라보는 북구를 비롯한 서부산 지역은 상업과 물류가 상당히 흥한 지역이었다. 구포시장에 5일장이 열릴 때면 지금도 부산과 경남뿐만 아니라 7만 명가량의 사람이 모여든다고 한다. 하지만 지금 북구의 현실은 전국에서도 손꼽힐 정도로 재정

자립도가 낮고, 서부산은 외지인들에게는 부산으로 인식되지 못할 정도로 해운대, 광안리 등이 위치한 동부산권에 비해 낙후되어 있다. 서부산권의 쇠락에는 여러 가지 이유들이 있겠지만, 우선 낙동강 뱃길이 끊긴데서 찾을 수 있다. 과거에는 뱃길을 따라 물건과 사람이 움직였고, 배와 육지가 만나는 나루터가 속한 지역은 중요한 상권역할을 했다. 구포를 비롯해, 서울의 마포와 영등포 등이 바로 그런 지역들이다.

북구만을 놓고 보면 북구는 원래 나루터와 구포장터를 기반으로 하는 상업이 흥했던 지역이었음에도 불구하고 1970년대 말 정책적인 결정에 의해 주거 위주로 개발되어 왔다. 1976년 부산시는 만덕동 동쪽 산허리를 깎아 연립주택을 지어 영도구와 중구 등의 고지대 철거민을 위한 정책 이주촌을 조성했다. 지금도 만덕동에 주택이 많은 이유가 바로 이런 사연 때문이다. 1978년에는 덕천천 하류지역에 시영아파트 20개 동이 지어지는 등 북구 전역에 걸쳐 주택 건설이 상당히 많이 이루어졌다.

당시 대부분의 도시개발이 그러했듯이, 이러한 이주 정책, 주택 정책은 부산시의 일방적인 결정에 의해 이루어졌다. 그러다 보니, 다양한 고민이 반영되거나 지역 주민들의 생각이 담겨 있지 못하다. 지금의 북구를 돌아보면 제조업은 고사하고, 구 재정확충에 도움이 될 만한 상업시설이 들어설 여지조차 거의 없어 보인다.

교육과 문화시설 확충을 위한 부지 확보도 어려울 정도다. 그럼에도 불구하고, 인구는 늘어 복지재정 등에 돈을 쓰다 보면 재정 부족은 늘 만성적으로 이어지고 있다. 이와 함께 한꺼번에 급속한 개발이 이뤄지다 보니, 재개발 시점도 거의 동시에 도래하고 있다는 점도 난감한 일이다.

그에 비해 해운대와 광안리 등을 포함한 동부산권은 어떤가. 해운대의 전경을 돌아본 사람들은 그 광경이 홍콩이나 싱가포르 같다는 말을 한다. 지방 사람들이 서울로 가려 하듯이, 부산에서는 서부산에서 동부산으로의 이주를 희망하는 사람들이 많다.

지난 2008년부터 2011년까지 4년 동안 부산의 인구는 평균 0.2% 감소했다. 더 심각한 것은 부산 내에서의 지역별 이동의 차이가 더 심하다는 것이다. 같은 기간 내 서부산권은 1.3% 감소하여 부산 평균보다 6배가 넘게 감소를 기록하여 서부산권을 떠난 사람들이 더 많음을 알 수 있다. 특히 북구는 3.5%나 감소했으며, 사하구와 사상구 또한 각각 2.6%, 2.3% 감소했다. 이러한 동서 지역 간 인구 이동으로 해운대구에는 고등학교의 수가 14개나 되지만 강서구와 사상구는 각각 6개, 5개뿐이다.

동서 격차의 심화는 영화관, 미술관, 박물관 등 각종 문화 시설물 숫자만 비교해 보아도 확연히 드러난다. 부산시에는 25개의 공공 공연장과 15개의 박물관, 5개의 미술관이 있다. 하지만 서부산권의 대규모 공연장은 북구의 문화빙상센터, 을숙도 문화회관, 사상에 위치한 다누림홀이 전부이다. 보다 충격적인 것은 민간에서 운영하는 공연장과 소극장 49개 중 어느 하나도 서부산권에는 없다는 사실이다. 박물관의 경우, 15개의 박물관 중 서부산권에 있는 박물관은 신라대학교박물관, 강서구에 위치한 록봉민속교육박물관 뿐이다. 부산 국제영화제, 부산 국제무용제, 부산 불꽃축제와 같은 부산을 대표하는 문화상품들은 모두 해운대에서만 열리고 있다. 사람이 떠나니 관심도 줄고, 결국 문화에서도 소외가 되고, 이것이 또 다시 사람을 떠나게 하는 악순환이 벌어지고 있다. 수도권과의 지역 간 차별 해소를 주장하는 부산 안에 이러한 지역 간 차별이 존재하고 있으니 아이러니가 아닐 수 없다.

대책이 필요하다. 경제성과 효율성이 문제라면 우선 교육문화정책에 대한 더 많은 배려와 혜택부터 시도해 볼 만하다. 시인 이상은 "문화가 사람을 배불리 할 수는 없어도 마음은 위로할 수 있다."고 했다. 부와 권력이 한쪽으로만 흐르는 것을 막는 유일한 방법은 교육을 통해 개천에서 용이 날 수 있도록 배려하는 것뿐이다. 지금과 같이 교육과 문화까지 편중된다면 빈익빈 부익부의 악순환을 끊어낼 방도가 없다. 그리고 결국 시민들 간의 간극은 점점 더 벌어져 갈 것이다.

교육문화정책이 우선이라면 그 다음은 실질적인 균형발전을 위한 기틀을 다지는 것인데, 앞서 말했듯이 이미 잘못된 정책에 의해 그 기틀 확립이 쉽지 않다면 새로운 기회에 눈을 돌려야 한다. 서부산권에게 그 새로운 기회란 바로 낙동강을 중심으로 한 재도약이다. 다행스럽게도 부산시는 사상 공업지역에 대해 스마트밸리 조성 사업, 낙동강을 이용한 에코델타 사업, 부산·진해 경제자유구역 조성, 첨단물류단지 건설 사업 등 서부산권 개발을 추진하고 있다. 하지만 여기 반드시 추가되어야 할 또 하나의 과제는 낙동강 본류에 대한 역할 재정립이다.

대한민국의 기적을 '한강의 기적'이라고 하고, 독일의 기적을 '라인강의 기적'이라고 한다. 영국 런던, 프랑스 파리와 강은 세계적인 도시들도 모두가 강을 중심으로 발전해 왔으며, 강은 도시발전의 상징으로 자리매김하고 있다. 그러나 부산의 낙동강은 성장의 동력으로 자리매김하기보다는 한국전쟁에서의 최후의 보루이자 최대 격전지라는 한국 현대사의 아픈 상처로만 방치되어 왔다.

위기는 기회라고 했던가? 방치되어 왔기 때문에 낙동강에 대해 거는 기대가 더 클 수밖에 없다. 낙동강에는 을숙도, 맥도, 삼락, 대저,

화명 등 5개의 생태공원이 있다. 그러나 이들 공원은 유기적으로 연결되어 있지 못하고 따로따로 분리되어 있다. 을숙도 생태공원에서 맥도 생태공원까지 강을 가로질러 갈 수도 없고, 상류와 하류를 오가며 천혜의 절경인 낙조를 볼 수도 없다. 별다른 개발과 투자 없이 공원들을 유기적 연결하는 것만으로도 사실 지역 주민들에게는 지금보다 나은 자연 체험 공간과 휴식의 시간을 제공할 수 있다.

단절된 뱃길도 다시 이어야 한다. 뱃길을 잇는다는 것은 유람선, 윈드서핑 등 해양관광 및 레포츠를 낙동강에서 즐기게 함으로써 경제적 이익을 창출해 내겠다는 의도다. 또한 낙동강을 따라 이어지는 문화와 역사의 이야기를 이어냄으로써 부가가치를 더할 수 있다. 하지만 뱃길을 잇는 정말 진정한 의미는 단절되어 있던 바다와 강을 잇고, 또 그 길을 동부산권과 서부산권을 이어냄으로써 균형적으로 발전할 수 있다는 것이다.

사람들이 부산의 어디를 가든 살기 좋다는 생각을 가질 때, 부산은 하나된 부산 그리고 새롭게 도약하는 부산이 될 수 있다. 부산의 동진(東進) 정책이 서진(西進) 정책으로 전환되어야 하는 이유가 바로 여기에 있다.

동남권 신공항

1980년대까지만 하더라도 부산은 제2의 도시라는 자부심을 가지고 있었다. 인구도 400만 명에 가까웠고 국내 GDP의 20% 정도까지 차지했었다. 그러나 현재의 부산을 한 단어로 표현하면 '쇠락'이다. 인근 울산의 GDP가 4만 불(弗), 거제는 3만 불(弗)에 달하고 있는데, 어깨를 나란히 하기는커녕 따라가기도 버겁다. 생산을 책임지는 기업들은 한해 두해 양산·김해·창원 등 부산 밖으로 빠져나가고 있다. 그러한 쇠락 가운데, 신공항 문제는 시민들의 불만이 임계점에 달해 울고 싶을 때 빰을 때려 준 꼴이 된 것이다. 부산의 민심이 악화된 원인에는 여러 가지가 있을 수 있겠지만, 결국 동남권 신공항의 백지화가 결정적 한 방이었다.

신공항과 관련해 당시 열린 토론회에서 대다수의 수도권 사람들은 "KTX로 세 시간도 안 걸리는 좁은 국토에 인천공항 하나 있으면 됐지."라는 이야기를 했다. 솔직히 이해 못하는 것은 아니다. 그러나 그 사람들이 그렇게 말한 기저에는 국가의 이익과 지방의 이익이 같이 갈 수 없는 것이라고 생각하는 그런 인식이 깔려있다고 볼 수 있다. 다시 말해, 지방의 희생과 국가 이익을 동의어 비슷하게 생각하는 것이다. 국가는 부산·대구·광주·서울이 다 모여서 되는 것이다. 부산이나 대구에 공항이 있어서 잘 되면 그것이 국가 이익이다. 수도권에 있는 정책 입안자들 생각의 이면에 지방에서 뭘 하면 국가 이익을 해친다는 편향된 인식이 있지 않나 하는 우려를 가질 수밖에 없다. 더불어 지방 발전을 국가 이익의 차원에서 바라봐야 하는데, 지역 발전을 '나눠 주는 것' 정도로 보는 관점도 한몫 하는 듯하다. 결국 인식의 출발점을 수도권 중심적인 시각에 두면 답이 없다. 도로도 공항도 수도권에만 건설하게 되면, 국민통합을 위해서도 옳지 않고 장기적인 효율성 측면에서도 옳지 않다.

눈을 감고 우리 지방의 실상을 곰곰이 돌이켜 보십시오.

정말 우리 고향, 우리가 나고 자라고 묻혀야 할
우리의 고향이 지금 쓰러져가고 있습니다.
경제·교육·문화, 모든 면에서 적막강산 빈껍데기로 전락할
지경입니다.

사람도 돈도 모두 모두 서울로, 수도권으로 몰려가고
희망이 사라진 지방에는 절망의 한숨만 가득합니다.

희망 없이 하루하루를 살기에 급급한 그곳이
대한민국 제2의 도시 부산이라고 한다면 다른 곳은 물어볼
필요도 없습니다.

신공항 사태의 과정과 결말을 지켜보면서 '국가 이익'이라는
도대체 정체 모를 용어의 막강함에 새삼 놀랐습니다.

왜 지방의 희생이 국가 이익과 동의어로 이해되어야 합니까?
왜 지방의 뼈아픈 하소연이 철없는 사람들의 이기심으로
폄하되어야 합니까?
지방 없는 대한민국이 어디 있습니까.

제발 양자택일식의 이분법적 잣대를
더 이상 들이대지 마십시오.

지방이 대한민국의 경쟁력이고 대한민국이 사는 길입니다.
우리 대한민국은 지방분권이라는 헌법적 가치에 따라 올바른
길을 걸어가야 합니다.

〈2011년 4월, 제299차 본회의 정치 분야 대정부 질문 중〉

더불어 지난 정부에서 신공항 문제 백지화 과정에서의 가장 아쉬웠
던 점은 내용을 떠나 절차의 문제다. 그 과정에서 부산시민들이 느낀
감정은 서운함을 떠난 분노였다. 정책을 수립함에 있어 결과 못지않게
중요한 것이 절차다. 특히 동남권 신공항은 공약 사업이고 최대의 국
책 사업 중 하나였다. 어떤 결정이 내려지느냐에 따라 해당 지역에 있
는 국민들이 느끼는 실망이나 기대가 엄청나게 클 것이라는 사실은 누
구나 다 알고 있는 사실이었다. 제대로 된 절차와 소통이 필요했는데,
지난 정부에서는 누가 보더라도 미리 답을 정해 놓고 막바지에 급하게
현장 실사하고 평가하는 식으로 진행됐다. 그렇게 내려진 결과는 순순

경향신문

"국책사업 난맥" 여당의원들이 더 난타

정치분야 대정부 질문

"지방에 우는 아이 젖 주듯 정부에 천박한 인식 팽배"

친이계 '개헌론' 자취 감취 여 '신공항' 별도 의총 방침

국회의 6일 정치분야 대정부질문에서는 동남권 신공항 백지화와 과학비즈니스벨트 입지 논란 등 주요 국책사업의 난맥상이 도마에 올랐다. 특히 영남권 한나라당 의원들은 책임자 문제를 요구하는 등 야당보다 더 날을 세웠다. 불과 2개월 전 2월 임시국회를 달궜던 여당 친이계들의 개헌론은 자취를 감췄다.

한나라당 박민식 의원(부산 북·강서갑)은 "호남고속철도나 포항-삼척 고속도로는 비용대비 편익비율(B/C)이 1이 안됐는데도 하면서 왜 동남권 신공항은 안되냐"며 "지방 주민들이 들고일어나니까 보채는 아이 젖 주듯이 잠재울 만한 사업 없나 하는 천박한 인식이 정부에 팽배해 있다"고 몰아붙였다. 박 의원은 김황식 국무총리에게 국무위원 해임건의권 행사를 촉구하기도 했다.

김용태 의원(서울 양천을)은 "백지화 판단 과정은 청와대가 진두지휘해 책임져야 한다"면서 "임태희 대통령실장 등 청와대의 무사안일은 비판받아야 한다. 대통령을 숨긴다고 숨길 수 있겠느냐"고 따졌다. 여당에서는 "이 정부에 지방발전 정책이 있느냐"(신성범 의원, 산청·함양·거창), "대통령이 너무 경제적으로만

접근한 것 아니냐"(이한성 의원, 경북 문경·예천)는 질타도 이어졌다.

민주당 김영진 의원은 "일은 이명박 대통령이 저지르고 사과는 총리가 한다? 총리 자리가 '사과 대행'이냐"고 꼬집었다.

조배숙 의원은 "신공항은 2차 타당성 검사 때 이미 결론이 났는데도 지방선거를 의식해 연기하다 결국 백지화했다. 수시로 상황에 따라 말을 바꾸는 것은 철학과 비전이 없고 조정

능력도 없다는 것"이라고 지적했다.

영남 민심 수습 차원에서 충청권에 공약한 과학비즈니스벨트가 영남권에 분산될 가능성에 대한 우려도 나왔다.

자유선진당 변웅전 의원은 "정부가 이번엔 과학벨트로 또 한번 충청도를 우롱하려 하고 있다"면서 "대통령이 대구시장과 경북지사를 만나 떡 나눠주듯 과학벨트를 나눠주려 하는 것이 사실이라면 대통령과 총리가 책임

져야 한다"고 내각 총사퇴와 거국내각 구성을 요구했다.

김 총리는 "공항 문제는 공항 문제"라며 "공항이 이렇게 됐기 때문에 다른 것으로 스위치 해서 보상하는 식의 접근은 절대 하지 않겠다"고 밝혔다. 국무위원 해임 건의 여부에 대해선 "공식적으로 해임 건의할 사안은 아니라고 본다"고 답했다. 김 총리는 한국토지주택공사 본사의 지방 이전 문제에 대해 "상반기 안에 결판내겠다"고

말했다.

신공항 여진은 여당에서 계속됐다. 홍준표 최고위원은 기자간담회를 갖고 "당내 신공항대책특위나 영남대책특위라도 만들어 주도적으로 신공항 문제를 해결하는 게 울다"고 주장했다. 내홍이 계속되자 당 지도부는 조만간 신공항 문제와 관련된 별도 의원 총회를 가질 방침이다.

이주영·임지선 기자
young100@kyunghyang.com

'5無' 국정 한나라당 박민식 의원이 6일 정치분야 대정부질문에서 동남권 신공항 백지화의 문제점을 적시한 패널을 보여주며 김황식 총리에게 질의하고 있다. 정지윤 기자

히 받아들이기 어려웠다.

일례로 경제성이 낮기 때문이라는 정부의 설명이 그렇다. B/C(편익/비용) 분석을 해서 적합성 평가를 하는데, 전문적인 부분, 즉 수요 등의 예측은 추정치이기 때문에 사람들마다 생각이 다를 수 있다는 점은 인정한다. 그러나 국민들의 상식의 눈높이에서 보자. 국제공항을 만들려면 소음이 없어야 한다. 예컨대 영종도에 인천공항을 만들 때, 측정 지역에 약 20세대 정도가 소음 피해를 입는 것으로 조사되어 소음 부문에 대한 평가를 100점 만점에 93점을 줬다고 한다. 그에 반해 가덕도는 조사지역에 피해 세대가 하나도 없었음에도 불구하고 44점을 받았다.

공항을 만들 때, 또 다른 중요한 고려사항이 안개 일수다. 그 안개 일수가 영종도는 60일, 가덕도는 11일이었다. 그런데도 해당 항목에 대해 영종도는 90점, 가덕도는 67점이 매겨졌다. 기상 조건, 자연 조건이기 때문에 누가 어떻다 해서 바뀔 수가 없다. 결국 점수의 출발점이 달랐다는 것으로밖에 설명되지 않는다. 만일 기준이나 방식이 달랐다면 공개했어야만 했다. 지나치게 소수의 정보 독점으로만 진행된 평가에 대해 내용을 떠나서 아쉽고 아프다. 지역민들이 분노할 수밖에 없었다.

다행스럽게도 신공항에 대한 논의는 현 정부의 대선공약으로 되살아났다. 물론 객관적인 사전 조사의 과정들이 필요하고 진행되고 있다. 그럼에도 불구하고, 나는 당연히 가덕도에 신공항이 들어올 것을 믿어 의심치 않는다.

신공항의 논의가 현재의 김해공항의 수용 능력 포화에서만 비롯되었기 때문만은 아니다. 현재의 대한민국은 성장의 침체기를 걷고 있다. 사람이 없어서도 아니고, 기술력이 부족해서도 아니다. 새로운 도

나는 당연히
가덕도에 신공항이 들어올 것을
믿어 의심치 않는다.

약의 시기가 도래함으로써 기존의 성장동력이 더 이상 유효하지 않기 때문이다. 대한민국의 재도약을 위해서는 통일도 중요하지만, 그 못지 않게 중요한 것이 바로 '해양 주도권'이다.

최근의 전문보고서들을 보면 앞으로 국가 간 글로벌 경쟁은 '오션 이니셔티브', 즉 해양 주도권을 누가 쥐느냐가 문제라고 이구동성으로 지적한다. 대한민국 수도에는 바다가 없다. 수도권에 인천이 있다지만, 인천은 지정학적으로 한계가 있다. 결국 대한민국 재도약의 키워드가 해양 주도권이라면 해양수도 부산이 될 수밖에 없다. 아니 환동해권과 환서해권의 교차점에 서 있는 부산이 되어야 한다. 진정한 해양 주도권은 바다와 땅과 그리고 하늘이 연계되어야만 만들어 나갈 수 있다. 공항과 항구 그리고 철도의 물류삼합(Triport) 전략이 실행될 수 있는 곳은 부산이 유일하다.

그러므로 신공항은 국내 공항이 아닌 국제 허브공항으로 자리매김 되어야만 한다. 신공항의 문제를 부산 지역 이기주의로 폄훼하면 안되는 이유다. 지금 수요타당성 조사를 기다리고는 있지만, 경우에 따라서 대통령이 결단을 내려야 한다. 시점이 오면 결단을 내리는 것이 대한민국 발전을 위해 맞다.

해양 플랜트,
바다에서 미래를 찾다

▰▰▰▰▰

세계시장에서 그 기술력을 인정받고 있는 우리나라의 해양 플랜트 산업은 향후 대한민국의 미래 먹거리, 즉 신성장동력으로 육성되어야 하고, 그러기 위해서는 국가적인 관심이 매우 필요하다는 점을 늘 강조해 왔다.

현재 우리나라가 조선 수주 1위라고는 하지만 중국의 거센 추격을 받고 있다. 중국의 추격을 따돌리고 더 나은 가치를 생산해 내기 위해서는 특수 선박이나 해양 플랜트 건조 등 사업다각화가 필요하다는 게 관련 전문가들의 주장이다. 이를 위해서는 관련 기자재 기업들의 기술 고도화와 적극적인 협력이 요구되는데 관련 산업을 집적시켜 육성할 경우, 조선이나 플랜트 사업은 물론 그 자체가 성장동력 산업이 될 수 있고, 아울러 부산이 재도약하는 기반이 될 수 있다.

베트남 롱도이 해양플랫폼(롱도이 가스전)시찰중

2010년 우리나라 조선 3사가 수주한 해양 플랜트 사업액은 101조 원으로 전 세계 해양 플랜트 건조량의 60% 수준이다. 그러나 해양 플랜트를 건조하기 위한 주요한 엔지니어링 기술이 주로 해외 기업에 있어, 수주액의 50% 이상이 해외로 유출되고 있고, 기자재 국산화율 또한 20% 미만이라 결국 수주를 하더라도 그 과실은 외국기업이 가져가는 실정이다. 그러므로 부품의 국산화율을 높이고 장기적인 관점에서 시장을 선점하기 위한 계획을 수립하는 한편, 일관성 있게 정책을 추진할 수 있는 컨트롤 타워가 절실하다.

해외 플랜트 산업은 에너지 위기 때마다 그 필요성이 강조되는 패턴을 보여 왔다. 기업과 정부가 투자 및 정책수립을 주저하는 이유다. 소위 '정책시차'로 인한 정책실패를 우려하고 있는 것이다. 하지만 전문가들은 과거 반도체 산업, 휴대전화 시장, 조선업이 위험을 감수한 투자로 국제시장에서 선두 주자가 된 것처럼 선제적 시장선점이 필요하다고 지적한다.

부산은 전환기적 상황에 직면하고 있다. 2008년 글로벌 금융위기 이후 저가 선박 건조 분야에서 중국의 추격이 가속되고 있어 중소 선박회사들의 빠른 사업 다각화가 절실하다. 관련 부품을 공급하는 기자재 업체들도 마찬가지이다. 이것이 부산의 위기라면, 앞으로 플랜트 산업, 특히 해양 플랜트 산업이나 대체에너지 산업에 대한 수요 증가에 맞춰 기자재 업체의 경쟁력을 강화한다면 부산의 해양 산업은 더 커 나갈 것이다. 이것이 바로 부산의 기회이다.

6~70년대만 하더라도 대한민국의 발전을 선도한 대표 산업인 제분·제당·목재·신발 산업의 중심지는 부산이었다. 산업이 성장하고 전국에서 일자리를 구하러 부산으로 몰려왔다. 하지만 지금은 그런 산

업들이 쇠락하고, 사람들은 일자리를 구하러 서울로, 창원으로, 김해로, 거제도로 빠져나가고 있다. 더 이상 방기해서는 안될 심각한 위기를 지금의 부산은 맞고 있는 것이다.

부산이 그리고 대한민국이 현재에 머무르거나 후퇴하지 않고 미래로 나가기 위해서는 앞서 언급했듯이 바다에서 미래를 찾아야 한다. 그리고 해양 플랜트 산업은 곧 그 미래로 나가기 위한 관문을 여는 첫번째 열쇠가 될 것이다. 경쟁력 확보가 관건이다. 경쟁력을 키워나가기 위해서는 따로국밥식의 성장이 아닌 정책 기획, 기술 개발, R&D, 인증, 교육 등을 통합해서 육성하고 키워가려는 노력이 절실하다. 과거가 아닌 2~30년 후의 앞을 내다보고 투자하는 정부의 관심과 의지가 무엇보다 필요한 때이다.

표류하는
선박금융공사

조선과 해운 산업은 우리나라가 세계 최고 수준의 경쟁력을 보유하고 있는 분야로써, 국민경제에 미치는 파급효과가 매우 큰 국가의 중추 산업이다. 그러나 지난 2008년 글로벌 금융위기 이후 자금 여력이 부족한 중소 규모의 조선, 해운사 및 조선 기자재 업체를 중심으로 어려움이 가중되어 가고 있고, 나아가 대형사에게까지도 심대한 악영향을 미칠 수 있다는 우려가 점차 현실화 되어 가고 있었다.

이에 지난 대선에서 우리 새누리당의 대선 후보인 박근혜 후보는 국가의 핵심 산업인 조선 해운업의 위기를 극복하는 한편, 나아가 부산을 동남아 선박금융의 중심지로 만들어 나가기 위한 선박금융공사의 부산 내 설립을 공약으로 내걸었다.

선박금융 중심지로 만들기 위한
다섯 가지 정책을 약속드렸습니다.

부산을 동북아 선박금융의 중심지로 육성하겠습니다.
존경하는 부산시민 여러분!

저는 오늘 부산을 선박금융 특화도시로 만들기 위한
구상과 정책을 말씀드리겠습니다.

정부는 2009년 1월, 부산을 해양 및 파생금융의 특화금융중심지로
육성하겠다고 발표했습니다.

하지만, 아직까지 우리 선박금융 현황은 미미한 수준입니다.
세계 선박금융 시장에서 우리가 차지하는 비중은 4.2%에 불과합니다.

전문성 부족으로 외국 금융기관에 대한 의존도가 높고,
투자 행태는 후진성을 벗어나지 못하고 있습니다.
선박금융의 취약성과 조선업의 침체로 인해
최근 대형 조선사들도 어려움을 겪고 있고,
특히, 중소형 조선사들은 23개 조선사 중 22개사가
자율협약, 워크아웃, 청산 등으로
구조조정을 추진 중입니다.

저는 위기에 처한 우리 조선 산업을 살리고,
부산을 선박금융의 특화도시로 만들기 위해
다음과 같은 정책을 추진하겠습니다.

첫째 부산을 동북아 선박금융 중심지로 육성하기 위해
선박금융공사를 설립하고, 본사를 부산에 두도록 하겠습니다.
그래서 불황기에도 선박금융을 지원하도록 하고,
신용도가 낮은 중소형 선사에도
선박금융이 지원될 수 있도록 하겠습니다.

둘째 수출입은행 등을 통해 지원을 최대한 확대하고,
필요하다면 추가 출자로 지원 여력을 확충하겠습니다.
중소형 조선사의 경영정상화 계획이 조속히 확정될 수 있도록 하고,
선수금환급보증(R/G)에 어려움이 없도록
무역보험공사의 보험인수 규모를 확대하겠습니다.

셋째 국내 금융기관의 선박금융 사업부문을
부산 문현단지에 집중 유치하도록 지원하겠습니다.
수출입은행, 산업은행의 선박금융 부서와 무역보험공사,
서울보증보험의 선박 관련 사업부문이 입주하도록 인센티브를 제공하겠습니다.
국내에 있는 외국금융기관의 선박금융 사업부문의 입주도 적극 유도하겠습니다.

넷째 조세 인센티브를 제공하겠습니다.
금융 중심지 창업기업에 소득세와 지방세의 감면기간을 늘리고,
개인이 선박 투자회사의 신주를 취득하는 경우, 소득공제를 실시하겠습니다.

다섯째 선박금융 관련 인프라를 적극 확충하겠습니다.
선박금융과 파생상품 분야의 특수금융대학원을 설립하고
부산 국제해운거래소를 설립하여 동북아를 대표하는 해운거래소로 육성하겠습니다.

존경하는 부산시민 여러분!
저는 오늘 부산을 동북아 선박금융 중심지로 만들기 위한
다섯 가지 정책을 약속드렸습니다.

이미 말씀드린 해양수산부 설치 약속과 함께
반드시 실천하겠습니다. 감사합니다.

〈박근혜 후보 조선업계 관련 공약, 2012년 11월 9일 발표〉

그러나 금융위원회는 정권이 출범한 지 1년도 되지 않아 백지화 시켜 버리고 말았다. WTO 보조금 협정 위반 등 통상마찰의 가능성, 기존 정책금융기관과의 역할 재조정의 현실적 어려움 등이 표면적 이유였지만, 그 구체적인 내용은 제대로 설명도 되지 않은 채 말이다. 결론은 물론 결정을 내리는 과정 모두 전 정권의 동남권 신공항 백지화와 다를 바 없었다.

금융위원회는 선박금융공사의 대안으로 '해양 금융 종합센터'를 내세웠지만, 나를 비롯해 부산시민 모두는 불쾌감을 넘어선 분노를 느낄 수밖에 없었다. 그런 상황에서, 해양 금융센터를 제안한 의도 또한 순수하게 보일 리 없다. 금융위가 이러한 백지화를 발표할 시점이 선박금융공사 설립을 비롯한 정책금융체계 개편을 위한 연구 용역 결과가 나오기도 전에 백지화를 발표했다는 점, 공사 설립 자체가 WTO의 보조금 협정 위반사항은 아님에도 불구하고 마치 그렇게 될 것처럼 호도하는 점에서 더욱 그러했다.

이에 나를 비롯한 새누리당 부산 지역 국회의원들은 서둘러 '선박금융공사 유치 TF'를 구성해 금융위 등을 압박하는 한편, 선박금융공사 신설에 따른 문제를 해소하고 부산을 해양금융 중심지로서의 위상을 높이기 위한 실질적인 대안 모색에 나섰다.

그 결과, 우선 해양금융종합센터를 설치하겠다는 정부의 안은 그 구성이 선박 관련 정책금융기관의 관련 부서들을 모아 놓은 것일 뿐, 지원 심사 및 결정 권한도 각 기관별로 가지고 있어 현 지원체계와 다를 바 없어 실효성이 없다는 결론을 내렸다. 결국 아울러 정부가 제시하는 선박금융공사 신설에 따른 문제를 해소하고 부산을 해양금융 중심지로서의 위상을 높이기 위한 현실적인 대안은 기존의 '한국정책금

[정책금융개편안 발표]

선박금융공사 설립안 백지화, 기존 정책금융기관 통해 지원
통상마찰 가능성 고려 선박금융관련 조직, 부산으로 이전하기로

정부가 박근혜 대통령의 주요 공약이던 선박금융공사 설립을 백지화하면서 후폭풍이 거셀 것으로 예상된다. 특히 선박금융공사 설립이 유력했던 부산 지역의 경우 정치권을 중심으로 강력 반발할 것으로 예상된다.

금융위원회는 27일 '정책금융 역할재정립 방안'을 발표하면서 선박금융공사 설립 대신 기존 선박금융 업무를 하는 정책금융기관을 활용해 선박금융을 지원하겠다고 밝혔다.

특정 산업을 지원하는 선박금융공사를 설립하게 될 경우 세계무역기구(WTO) 제소 등 통상마찰 가능성이 크다는 게 이유다.

금융위는 그 대신 국내 조선사에 선박을 발주하는 해외선주의 채권 발행에 대해 수출입은행과 무역보험공사가 보증하는 선박채권 보증을 도입하기로 했다. 또한 제작금융 규모를 확대하고 정책금융기관이 선박의 담보 가치를 보증하는 방안 등을 추진키로 했다. 통상마찰 소지 등을 감안해 가급적 민간재원(50% 이상)으로 상업적 원리에 따라 운영하는 해운보증기금 설립 방안도 검토할 방침이다. 금융위는 기획재정부, 해양수산부 등 관계부처와 공동 연구용역을 통해 내년 상반기까지 설립 여부를 검토키로 했다.

이와 함께 금융위는 선박금융공사 백지화에 따른 부산 지역 민심을 고려해 수은·무보·산은 등의 선박금융 관련 조직·인력을 부산으로 이전, '해양금융 종합센터(가칭)'로 통합할 방침이다. 수은은 부행장급 본부장을 포함해 100명이 이전할 예정이다.

또한 '해외 건설·플랜트 수주 선진화 방안'을 차질 없이 추진해 선박·해양 금융지원 기능을 강화할 계획이다. 수은·무보에 추가 출자·출연을 통해 지원 여력을 확대하면 수은·무보의 선박·해양 관련 금융지원이 강화되는 효과가 기대된다는 설명이다.

하지만 공약 이행 무산으로 인한 부산 지역 민심은 쉽게 수그러들지 않을 전망이다. 특히 부산 지역 국회의원들이 지역의 반대 여론을 감안해 금융위의 법안 통과에 부정적 입장을 보일 가능성도 높다.

이에 대해 금융위는 "현재 선박금융공사 설립 여부와 관련해 결정된 내용은 없으며 통상마찰 가능성 등 관련 쟁점에 대해 관계 부처와 함께 충분한 시간을 가지고 검토할 예정"이라고 밝혔다.

〈2013년 8월 27일, 파이낸셜 뉴스〉

융공사'를 부산으로 이전케 하는 것임에 의견을 모았고, 관련법 개정안을 내놓게 되었다. '한국정책금융공사법 개정안'에는 공사의 본사를 법 공포 후 1년 내에 부산으로 이전하도록 하고, 해양 분야 정책과의 연계성 확보 등을 위해 정책금융공사 운영위원회에 해양수산부 소속 공무원이 당연직 운영위원으로 참가하는 것 등이 주요 내용으로 포함되어 있다.

금융 중심지 그리고 동북아 해양수도를 꿈꾸는 부산에게 선박금융공사 설립 혹은 정책금융공사 이전은 단순한 기관 하나가 부산에 들어서 지역경제를 발전시키는 수준을 넘어선 문제다. 이미 부산을 금융 중심지로 지정해 놓고, 인프라를 형성해 놓은 가운데 금융을 매개로 조선과 해운 산업을 연계하는 기관이 부산으로 들어오는 것은 국가 전체의 효율성 차원에서도 마땅하다.

아울러 세계가 새로운 성장의 동력을 바다에서 찾고 있는 가운데, 대한민국이 동북아 지역, 나아가 세계의 바다에서 주도권을 확보해 나가기 위해서는 그에 걸맞은 투자가 반드시 선제적으로 이루어져 있어야 한다. 그리고 그 선제적 투자 중 가장 절실한 것이 바로 정책금융공사의 부산 이전이다. 정책당국과 결정권자가 한 부분만 보려할 것이 아니라, 거시적이고 장기적인 관점에서 이를 바라본다면 가까운 시일 내에 정책금융공사 부산 이전 문제는 원만히 해결되리라 믿는다.

SNS와 부꼬바

늦게 배운 도둑질이 무섭다는 말이 있다. 내가 트위터나 페이스북 등의 SNS를 시작한 것은 남들보다 빠르지 않다. 아직 기술적인 부분에서 익숙하지 않은 부분이 많음에도 불구하고, 나는 SNS에 글을 가장 활발하게 남기는 의원들 중 한 명으로 꼽힌다.

사실 내겐 SNS에 대한 무시무시한 두 가지 경험이 있다. 첫 번째는 18대 당시, 같은 당 의원이 발의한 '전기통신사업법 일부 개정안'에 얽힌 사연이다. 이 법안의 원래 취지는 스마트폰을 통해 누구나 무료로 이용하는 유튜브(Youtube)나 카카오톡 등에 대해 통신사들이 차별적인 대우를 못하게 하는 것과, 스마트폰을 이용한 불법행위를 막고자 하는 것에 있었다. 그런데 이 법에 대해 한 언론이 마치 SNS 사전검열을 의도하고 만들어낸 것처럼 호도하면서 그야말로 엄청난 비난과 욕을 들어야 했다. 그리고 그로부터 얼마 후 있었던 FTA 비준안 통과에 찬성 표를 던졌다는 이유로 또 한 번 입에 담지 못할 욕을 들어야만 했다.

아이러니하다. SNS를 이용하는 사람들은 대부분 사상과 표현의 자유를 최상의 가치로 여기는 데 반해, 또 그만큼 사상과 표현의 자유 때문에 매도되고, 곤란해지는 게 바로 트위터나 페이스북 같은 SNS 공간이기 때문이다. 한 번 내뱉은 말을 주워 담을 수 없듯이 SNS에 남긴 글은 꼬리표가 되어 늘 내 뒤를 따른다. 무시무시한 건 발 없는 말이 천리를 가는데 그 속도가 '찰나'라는 점이다. 그럼에도 불구하고 여전히 핸드폰을 놓지 않는 것은 긍정적인 측면 또한 많다고 생각하기 때문이다. 특히 소통의 창구라는 점이 바로 그런 대표적인 점이다. 그렇기 때문에 많은 사람들의 의견을 묻거나, 내 생각이 옳은지 아니면 잘못된 것인지의 여부를 판단하는 도구로도 나름 활용하고 있다.

최근 SNS를 통해 '부꼬바'라는 제목을 달아 글을 남기고 있다. '부산 꼬라지가 이게 뭐꼬, 고마 바까삐라'를 줄여 내 나름대로 지은 것인데, 부산의 어떤 부분이 문제이고, 어떻게 바꾸면 좋을까를 함께 고민하고 대안을 만들어 가보자는 취지로 시작한 것인데, 부산에 대해 미처 듣지 못하고, 보지 못한 것들을 많이 알게 되었으면 하는 바람이다.

부꼬바[Change Busan] 1 _ 2013년 12월 20일

Change Busan이라? 주변에 바꾸어야 될 것들이 정말 많지만, 그 중에도 1번으로 과감히 바꾸어야 할 것은 바로 변화에 대한 주저함 두려움 이런 우리 마음입니다. 부산 사람들 거의 대부분 "이대론 안 된다. 뭐라도 좀 바꾸자" 말은 하지만 그걸로 그치는 경우가 많죠. '익숙한 것들과의 결별' 우리의 생각부터 단호하게 바꿔야 합니다.

부꼬바[Change Busan] 2 _ 2013년 12월 23일

저도 늘 생각한 건데 마침 어제 택시 기사님 열변을 토하시데요. 부산에 특히 '나 홀로 출근' 진짜 많답니다. 창원·울산·양산으로 출근하는 분들, 특히 자영업하시는 분들 어쩔 수 없는 경우도 많지만, 교통 문제를 도로나 지하철 확장으로만 해

결하긴 불가능하거든요. 대중교통을 더 많이 이용할 수 있도록 교통 정책 포커스
가 맞추어져야겠죠?

부꼬배[Change Busan] 3 _ 2013년 12월 24일

지역의 명칭 바꿉시다! 우리나라 전역에 보면 동구·서구·남구·북구·중구 이런
식으로 지역 명칭을 정해 놓은 곳이 많죠. 북구만 해도 부산·대구·울산·광주에
다 있죠. 근데 도대체 행정 구역 명칭을 이렇게 멋대가리 없이, 행정 편의주의적
으로 짓는 나라도 없을 것 같아요. (첫째 아들을 일남, 둘째를 이남, 셋째를 삼남
으로 하는 거나 마찬가지) 아마도 일제의 유산이 틀림없을 겁니다. 줄 세우고 획
일화시키는 것, 각 지역의 역사와 전통 또는 자랑거리를 반영한 이름을 찾아줍시
다. 많은 시민들이 동참하는 캠페인도 좋을 것 같아요. 아이디어는 항상 환영입
니다.

부꼬배[Change Busan] 4 _ 2013년 12월 26일

미국 샌프란시스코 자이언츠 홈구장 이름이 무슨 파크죠? 며칠 전 토론회에서
어떤 분이 우리는 야구장, 야구 스타디움 명칭도 삭막하고 앞으로는 기능상으로
도 야구만 보는 것이 아니라, 가족과 친구들끼리 즐기고 휴식하는 그런 공원이
되어야 한답니다. 문득 든 생각이 요즘 융복합의 시대잖아요? 부산은 사용할 땅
도 적기 때문에 특정 시설에도 복합 문화기능을 덧붙일 수 있는 아이디어를 짜내
야 하지 않을까요? 만일 제2구장을 만든다면 이런 부분이 첨가되어서 그야말로
명실상부한 'ㅇㅇㅇ파크'로 부를 수 있도록.

부꼬배[Change Busan] 5 _ 2013년 12월 28일

옛날부터 한 국가가 발전하는 과정을 유심히 보면 정치 행정 수도가 있고, 저 멀
리 떨어져서 상업경제 대도시가 있어 마치 자전거의 두 바퀴처럼 나라를 이끌어
가는 모습을 자주 보게 됩니다. 안보상의 이유도 있겠죠. 우리나라도 서울과 부
산을 두 축으로 그럭저럭 잘 해 오다가 어느 순간부터 완전한 서울 일극체제로
바뀌어 버렸네요. 서울특별시 부산직할시 하다가 언제부턴가 광역시로 되었나
요? 근데 광역시가 도대체 몇 개인가요? 다른 나라 사람들 웃지 않을까요? 제대
로 하려면 부산만으로도 모자라고 울산과 경남이 합쳐야 진짜 '메가시티'라고 할
수 있죠. 부산이 환골탈태할 것 중 하나가 바로 그 위상을 바로 세워야 합니다.
말뿐인 '광역시'에서 명실상부한 'Megacity of Busan'으로 거듭나야.

부꼬배[Change Busan] 6 _ 2014년 1월 3일

서울 사람들은 부산을 문화의 불모지라고 하죠. 우리도 서울처럼 박물관 미술관

음악당이 많으면 얼마나 좋을까요? 근데 문화를 수요자 측면만 생각하면 즐기고 느끼는 거잖아요. 우아한 시설이 많으면 좋겠지만, 그럼 그런 시설 없다고 문화를 향유하지 못한다 이건 아니잖아요? 그래서 문득 발상의 전환을 해서, 관객을 특정한 장소에 불러 모으는 방식이 아니라, 관객을 찾아가는 문화 프로그램을 더 많이 활성화시키면 어떨까요? 자갈치시장에서 클래식 공연도 하고, 공항 대합실에서 그림 전시를 계속하는 식이죠.

부꼬바[Change Busan] 7 _ 2014년 1월 5일

부산의 랜드마크 하면 뭘 떠올릴까요? 광안대교? 누리마루? 모르긴 몰라도 부산 광고하는 사진에 가장 많이 등장하는 건 용두산타워 아닐까요? 근데 이 용두산타워가 이제 너무 낡았다, 안전성에도 문제가 있다는 말을 많이 듣지요. 어떻습니까? 이걸 새로운 부산의 랜드마크로 리모델링하거나 아예 새로 하나 만드는 건.

부꼬바[Change Busan] 8 _ 2014년 1월 9일

우리나라에서 어떤 지역을 획기적으로 살릴 수 있는 마이다스의 손, 도깨비 방망이가 있다면 뭘까요? 아무래도 교육환경을 최고로 만드는 것 아닐까요? 우리 국민들의 교육열은 세계적으로도 유명하잖아요. 그래서 침체된 부산을 살리는 여러 가지의 길 중에서도 인재를 육성하는 게 가장 확실한 방법이란 게 제 생각입니다. 근데 결국 돈이 필요하죠. 그래서 그저께 인재육성기금 1조 원 만들자는 세미나를 했었는데, 솔직히 1조 원 옆집 애 이름도 아니고 너무 심한 뻥 같죠. (저도 맨 처음엔 그렇게 생각 ㅎㅎ) 이 대목에서 생각을 잠시 바꾸어 보세요. 집안 살림 올해는 힘드니까 딱 1%만 절약하자고 하면 대부분 이건 가능하다고 생각하죠? '부산시 예산이 지금 8조4천억 원, 거의 10조입니다. 그 중에 딱 1%, 절감 못할 이유가 없잖아요. 그러면 예산을 아끼는 것만으로도 시장 임기 4년 동안 4,000억 원이 절약되는 거잖아요. 그 외에도 SOC사업 추진 방식 세밀히 바꾸면 절약할 수 있는 데가 참 많다는 것이 전문가들 공통된 견해입니다. 무조건 안 된다고 지레 손사래를 치지 말고 고정관념이나, 관행 속에서 헛되이 낭비되는 돈들을 〈불도저 검사〉의 후각으로 찾아 내겠습니다.^^

부꼬바[Change Busan] 9 _ 2014년 1월 14일

세계는 이른바 도시경쟁력 시대이죠. 사이즈가 어느 정도는 되어야 되고, 이것이 단순히 중심 도시와 위성 도시 개념이 아니라, 특히 연계의 시너지를 만드는 메가시티가 되어야 되는데, 우리 부산·울산·경남이 이런 측면에서 매우 나쁜 점수를 받고 있네요. 언제까지 우물 안 개구리처럼 밖의 변화에 눈감고 '칸막이식 발전전략'을 짤 것인지. ㅜㅜ 이건 각자도생이 아니라 함께 망하는 길인데…'

부꼬바[Change Busan] 10 _ 2014년 1월 18일

미래 도시경쟁력을 위해서는 부산 울산 경남이 하나로 되어야 되듯, 현재 부산 내부적으로도 끊임없는 통합의 노력을 기울여야 됩니다. 6개 광역시만 놓고 보더라도 부산이 자치구 인구 평균 제일 적고, 면적도 제일 작죠. 쉽게 말해 16개 구·군 솔직히 너무 많으니, 여러 가지로 예산 손실 비효율적 구조지요 "말처럼 그것이 쉽지가 않아요"라고 말씀하시는 분들이 많지만, 아 지금 통일도 하자는 판인데, 왜 조그만 구·군 통합을 못하나요? 머리를 맞대면 윈-윈 하는 해법이 반드시 나와요. 변화를 두려워하지 마세요.^^

부꼬바[Change Busan] 11 _ 2014년 1월 24일

어제 부산문화재단에 가서 느낀 점은 현장에 있는 사람들의 열정이 대단했다. 조직 매너리즘에 빠져있는 그런 분위기와는 완전히 달랐습니다. 아쉬운 건 현재 축적된 기금이 넉넉하지가 않더군요 그래도 부산의 문화를 책임지는 곳이라면 기금이 최소 1,000~2,000억 원은 되어야 하지 않을까요? 특히 메세나 운동에 참여하는 기업도 40개에 불과하답니다. 뉴욕, 베네치아, 바르셀로나… 항구는 문화도시일 수밖에 없습니다. 왜 부산이 문화의 불모지란 손가락질을 받아야 할까요?

부꼬바[Change Busan] 12 _ 2014년 1월 25일

어제 부산국제영화제 이용관 집행위원장님을 만났습니다. 근데 깜짝 놀랐습니다. 칸 영화제는 프랑스 정부 지원이 70%쯤 되는데, 우리 부산국제영화제의 경우는 중앙정부 예산지원은 고작 10% 정도밖에 안된답니다. 부산이라는 지역축제로 생각하기 때문이라네요. 그런 공무원들은 〈수도권중심증〉이라는 불치병 환자들이죠.ㅠㅠ

부꼬바[Change Busan] 13 _ 2014년 2월 2일

아침 모임을 적극 활용합시다! 서울과 부산 차이 중 하나는 정치인 기업인 문화예술인 공직자 등 각 영역에 열심히 뛰어다니는 사람들은 아침 모임이 참 많죠. 호텔에 가면 조찬 모임, 조찬 강연이 거의 매일 열리는데, 아무튼 활기와 에너지가 느껴집니다. 우리 부산을 아침에 돌아다녀 보면 재래시장 상인들, 택시 버스 기사님들, 아파트 경비아저씨들 그리고 경찰서에서 당직 서는 분들은 참 아침부터 바쁜데, 오히려 오피니언 리더라고 하는 분들은 주로 모임이 저녁에만 집중되고 있어 부산 전체적으로 손실이 아닌가하는 생각이 듭니다.

지방,
사람이 살 길이다

예로부터 자원이 부족하고, 변변한 공장 하나 제대로 없던 대한민국이 오늘날 이렇게까지 성장할 수 있었던 배경에는 교육에 대한 남다른 열정이 있었기 때문이다. 그 교육열을 바탕으로 인재가 태어났고, 대한민국의 발전은 그러한 인재들이 있었기 때문에 가능했다. 결국 대한민국에 있어, 사람은 중요한 자원인 셈이다. 문제는 그런 인재들이 대한민국 곳곳에 있지 않고, 서울로 수도권으로 모두 향한다는 것이다. 결국 국가의 균형발전은 이러한 인재의 집중과도 무관하지 않다고도 볼 수 있다.

특히 지식과 인재가 강조되는 창조 경제시대에 부산을 비롯한 지방이 발맞춰 나가기 위해서는 지역 내 인재육성과 그 인재가 머물면서 발전을 이끌어 나갈 수 있는 인프라 구축이 중요한데, 이를 위한 지역 사회의 합의와 노력이 절실하다.

사실상 그 동안의 성장의 프레임은 물리적인 것들에 대한 투자의 틀

부산광역시 『인재육성기금 1조원 조

일시 : 2014년 1월 7일(화) 14:00 장소 : 부산광역시의회 대회의실 주최 : 부산광역시, 부산상공회의소 주관

지식 산업 위주의
새로운 성장 패러다임에
적응하기 위해서는
최소 향후 50년을 내다보는 준비가 필요하다.
그 근간은 다름 아닌 인재육성에 있다.

안에서만 이루어졌다. 도로를 건설하고, 공장을 짓는 데만 열중한 나머지 인적 자원에 대한 투자는 단순히 교육에만 맡긴 채 등한시해 왔고, 그 결과는 발전 없는 외형적 성장으로 나타났다.

그런 부분들을 개선해 나가고자 얼마 전, '인재육성기금 1조 원 조성'이라는 주제로 정책세미나를 연 적이 있다. 인재기금 1조 원은 단순한 장학기금을 넘어 부산의 미래와 미래세대를 위한 투자를 목적으로 조성할 계획을 가지고 있다. 10년에 걸쳐 조성될 계획인 이 기금(안)은 민자사업을 재구조화 하거나 사회 인프라 투자를 기금으로 전환할경우 상당한 예산을 확보할 수 있다. 실제로 서울시의 경우 토건사업을 위한 예산을 무상급식 예산으로 전환한 바 있으며, 거가대교 재구조화로 부산과 경남은 이미 5조 원가량을 절감한 바 있어 재원 마련에대한 우려는 어느 정도 해소된다. 더불어 경상남도의 경우 현재 기금 3,000억 원을 목표로 추진 중에 있어 부산으로서도 늦지 않은 시기에인재육성을 위해 적극적으로 나설 필요가 있다.

지식 산업 위주의 새로운 성장의 패러다임에 적응하기 위해서는 최소 향후 50년을 내다보는 준비가 필요하다. 그리고 그 근간은 다름 아닌 인재육성에 있다. 비단 기금이 아니더라도 출산에서부터 보육 그리고 특성화된 지역 내 인재육성을 위한 인프라 구축과 나아가 외부로부터 우수한 인재를 유입하기 위한 기반구축 및 콘텐츠 확충이야말로 부산을 위한 진정한 투자라고 할 수 있다.

부산시장,
머무를 것이냐
변할 것이냐의
선택

지난 2010년 벌어진 서울시장 선거는 경선 과정부터 그야말로 버닝하트(Burning Heart) 게임이었다. 세 명의 40대와 한 명의 50대 후보는 연일 날선 발언을 주고받으며 치열하게 경쟁했다. 또한, 경선 직전 2~3위 후보끼리 단일화라는 이벤트를 만들고, 이를 통해 예상 밖에 나경원 의원이 원희룡 의원을 꺾음으로써 흥미를 더했다. 여야 본선 또한 치열했음은 두말할 나위 없다.

그렇다면 지난 10년간의 부산 사나이들이 벌인 부산시장 선거는 어땠을까? 결론부터 말하면 서울 샌님들의 승부가 부산 사나이들의 승부보다 더 부산(釜山)스러웠다. 보궐선거를 포함한 세 번의 선거 동안 부산시민들은 선거판에 활력을 불어넣을 새 인물을 찾아보기 힘들었다.

경선도 마찬가지였다. 2004년, 2006년 선거 모두 한나라당(현 새누리당)의 경선후보는 매번 출마하는 현직시장과 현직의원 단 둘뿐이었다. 특히 2010년 선거에서는 현직시장을 제외하고는 후보가 나서지 않아

그마저도 치러지지 않았다.

　치열한 과정을 거친 서울시장 후보들은 대부분은 승패를 떠나 현재까지도 대권후보군에 이름을 올려놨다. 선거가 아니더라도 이명박 전 대통령, 김문수, 안희정 지사, 김태호 전 지사 등 지자체장 출신들이 대선의 잠재적인 후보로 분류되는 가운데, 유독 대한민국 '제2의 도시' 부산 정치권은 너무하다고 할 정도로 잠잠하다. 비단 선거뿐만 아니라 경제, 문화, 사회 전반에 걸쳐 부산은 잠잠하다 못해 안으로부터 침체되어 가고 있다.

　매년 늘어나는 관광객과 해운대에 늘어선 마천루와 번화한 상점가 등의 이면에는 고용률, 경제활동 참가율 전국 최하위, 1인당 지역총생산(GRDP) 전국 꼴찌에서 세 번째라는 현실이 자리하고 있다. 사람과 돈의 탓인지도 모른다. 하지만 정작 중요한 원인은 부산이 익숙한 것들과 이별하기 위한 용기와 새로운 도전과 경쟁에 대한 의지마저 사라지고 있음에도 불구하고, 누구하나 그것을 살려낼 시도조차 하지 않았다. 관중들로부터 흥미를 잃은 지난 선거들은 바로 그 반증이다.

　개인의 미래에 대한 득실을 따져 본다면 솔직히 나로서도 과거 선배들의 선택을 따르는 것이 옳은 것일지도 모른다. 부산시장 선거는 내게는 한 번도 시도해 보지 않은 새로운 도전이다. 한 마디로 도전은 그야말로 가시밭길이 될 것이 뻔하다. 설사 부산시장이 된다고 해도 그것이 '동네 골목대장'에 불과할 뿐 우리의 중앙집권적인 정치 환경 속에서는 4년 임기라는 것이 잊혀져가는 세월이 되기가 쉽기 때문에 솔직히 어떤 선택이 옳은지에 대한 심각한 내적 갈등이 없었다면 거짓말이다.

　하지만 정치인으로서 소명의식이라고 할까. 어찌 보면 내가 정치를

하는 이유는 국민을 위함이고, 그 중에서도 가깝게는 부산이라는 지역에 뿌리를 내리고 사는 사람들을 위함이다. 그런데 그런 부산이 한마디로 백척간두(百尺竿頭)의 위기에 서 있는데, 다시 말해 내 집 기둥에 불이 붙어 타들어가고 있는데, 다른 것을 신경 쓰는 것은 말도 안되는 일이 아닌가. 마치 자신이 딛고 서 있는 땅이 무너져 내리고 있는데, 그 땅에 울타리를 치고 내 것을 지키겠다는 것이 모순인 것처럼 말이다.

곧 있으면, 향후 4년간 부산의 수장이 될 새 인물을 뽑는 선거가 다가온다. 억눌려진 역동성과 잠재력을 이끌어 내기 위해서는 선거부터 달라져야 한다. 치열한 경쟁의 장이 돼야 한다. 그러기 위해서는 새로운 인물이 경쟁에 반드시 뛰어들어야 한다.

현재를 진단하고 새로운 변화를 함께 만들어 가기 위해서는 개인이 아닌, 시민의 경험과 경륜을 모으는 리더십이 제시되어야 한다.

부산시장이라는 자리가 더 이상 머무르다 끝나는 자리가 되어서도 안 된다. 그러기 위해서는 당장 눈앞의 치적거리가 아닌 10년, 20년, 더 먼 곳에 있는 가치를 만들어 제시할 수 있는 사람이 부산의 수장이 되어야 하고, 나아가 시장 그 자체가 자부심과 부산의 상징이 되어야 한다.

부산을 둘러싼 외부적 상황은 나쁘지만은 않다. 부산은 천혜의 자원인 바다를 기반으로 대륙을 잇는 유라시아 프로젝트의 출발점이자 환동해권과 환황해권의 교차점인 부산이 대한민국 재도약의 키워드인 해양 이니셔티브의 전진기지로 우뚝 설 수 있는 기회를 맞이하고 있다. 더불어 현재 논의가 진행 중인 동남권 신공항, 선박금융공사의 설립이 제대로 실현만 된다면 언제든지 상하이, 홍콩, 싱가포르를 능가

하는 명실상부한 동아시아의 중심 도시로 거듭날 수 있다.

부산에게 이번 선택은 선거 이상의 의미를 갖는다. 위기와 기회가 상존하는 시점에서 어떤 인물이 선택되느냐에 따라 '그래도 부산'이라는 안일한 현실에 머물 것이냐, '새로운 부산'으로 나아갈 것이냐가 결정되기 때문이다.

이런 중요한 선택의 순간에서 부산시민들과 대한민국이 손에 땀을 쥘만한 치열한 경쟁을 어떻게 만들어 갈지는 부산 정치권에 맡겨진 외면해선 안 될 숙제다.

젊은 리더십

━━

　　일제강점기와 6·25를 거친 1950년대 말부터 1960년대 초까지 우리 국민들의 주된 관심사는 어떻게 하면 보릿고개를 넘어 끼니 걱정 없이 사느냐는 것이었다.

　　그때 바로 고(故) 박정희 전 대통령이 대한민국의 대통령으로 나섰고, 다소 일방적일지는 몰라도 경제발전에 대한 본인의 확실한 신념과 일관성 있는 전략을 통해 결국 고도성장을 이루었다. 후대에서 평가하는 여러 가지 부작용에도 불구하고, 당시 박정희 대통령의 카리스마 있는 리더십 덕택에 우리나라는 기적이라 불릴 만큼 단기간에 고도성장을 이루었고, 결국 지금의 대한민국이 있게 되었다는 사실에 대해 이견이 있는 사람은 아무도 없을 것이다.

　　박정희 대통령이 카리스마 있는 리더십이라면, 우리에게 널리 알려진 세종대왕의 리더십은 그와 반대이다. 선대의 두 왕이 닦아놓은 기틀 아래, 세종은 신분을 넘어 인재를 고루 등용했다. 신하들 위에 군림

하면서 본인의 판단에 의지해 독단적으로 일을 처리하기보다는, 늘 그들과의 소통을 통해 문제를 해결해 나아갔다.

두 사람 모두 국민과 백성을 위하긴 했지만, 그 방식에 있어서는 달랐던 셈이다.

그 동안 많은 분들이 부산시장 자리에 올랐고, 열과 성을 다해 부산을 이끌어왔다. 하지만 외적인 변화와 그에 따른 내실을 비교해 봤을 때, 부산은 결코 성장하지 못했다는 아쉬움이 크다. 그 동안의 역대 부산시장의 면모를 살펴보면, 대부분 행정가 출신이었다. 대개의 행정가들은 관리자로서의 리더십은 갖추고 있을지 몰라도, 틀을 깨는 발상이나 도전의 의지는 아무래도 그들이 걸어왔던 길에 비춰볼 때 약할 수밖에 없다. 폄하의 의도는 아니다.

부산이 그 동안 타 도시에 비해 뒤처진 이유에는 분명 돈과 사람의 문제가 자리 잡고 있을 테지만, 익숙한 것들과 이별하기 위한 용기와 새로운 도전과 경쟁에 대한 의지의 결여도 그 이유 중에 하나일 것이다. 그러므로 부산 재도약을 위해서는 과거의 틀을 깨는 발상의 전환을 통해 부산시민들의 안에 억눌려져 맺혀진 역동성과 잠재력을 풀어내는 리더십이 현재의 부산에게는 절실하다.

그런 리더십이란 머리와 가슴을 맞대고 소통하는 리더십, 말이 아닌 현장에서 행동으로 저지르는 젊은 리더십, 그리고 무엇보다도 잠재된 힘을 끌어내 하나로 모으는 리더십일 것이다. 새로운 개인의 능력에 의지한 리더십, 앞장 서서 깃발 들고 무조건 따르라고 하는 리더십은 더 이상 유효하지 않다.

젊은 리더십을 이야기할 때, 가장 들기 쉬운 예가 바로 미국의 오바마 대통령일 것이다. 그는 마흔여섯 살에 미국이라는 큰 나라의 대통

젊은 리더십이란
'날 믿고 따라오라고 지시하고 명령하는 리더십'이 아니라
시민의 열망을 바탕으로 그들의 손에 의해,
그들과 함께 커온 '패기와 열정으로 앞장 서는 리더십'이다.

령이 되었고, 그 당시 그는 초선의 국회의원에 불과했다. 그런 사실을 단순히 가져다가 "내 나이 마흔여덟 살이고 이미 재선이니, 내가 부산 시장을 하면 안 되는 이유가 젊기 때문 혹은 경험과 연륜이 부족하기 때문이라는 것은 어불성설(語不成說)"이라고 나 또한 내가 주장하는 젊은 리더십을 뒷받침할 수도 있다. 하지만 그것 자체가 젊은 리더십에 대한 오해다.

그럼에도 불구하고 왜 젊은 오바마가 선택되었는가에 대하여 고민을 하다 보면 결국은 오바마가 단순히 좋은 대학을 나온 신선한 젊은이였기 때문이기보다는, 당시 미국 국민들의 갈증이 정체된 현실을 깨고 결국 뭔가 변화를 만들어 낼 수 있는 사람을 원하였기 때문이 아닐까? 즉, 오바마의 능력과 배경도 중요하지만, 수요자인 국민의 바람이 새로운 변화를 강력히 원했기 때문이 아닐까?

그런 점에서 바라봤을 때, 젊은 리더십이란 '날 믿고 따라오라고 지시하고 명령하는 리더십'이 아니라 '패기와 열정으로 앞장 서는 리더십'이다. 그리고 시민의 열망을 바탕으로 그들의 손에 의해, 그들과 함께 커온 사람만이 지닌 능력이다. 그것이 바로 오바마 대통령의 젊은 리더십의 진면목이다.

결국 영원불변하게 옳은 리더십은 없다. 시대가 변하고 상황이 변하면, 그에 걸맞은 리더십을 제시하는 사람만이 후대에 인정받는 리더가 될 것이다. 나아가 더 나은 미래로 나가는 발전을 책임질 수 있을 것이다.

젊은
부산,
또
하나의
시작

지은이 박민식 **발행인** 김윤태 **발행처** 도서출판 선 **북디자인** 디자인이즈
등록번호 제15-201 **등록일자** 1995년 3월 27일 **주소** 서울시 종로구 낙원동 58-1 종로오피스텔 1020호
전화 02-762-3335, 051-2662-2629 **팩스** 02-762-3371 **초판1쇄 발행** 2014년 2월 14일
ISBN 978-89-6312-475-9 03810
값 20,000원